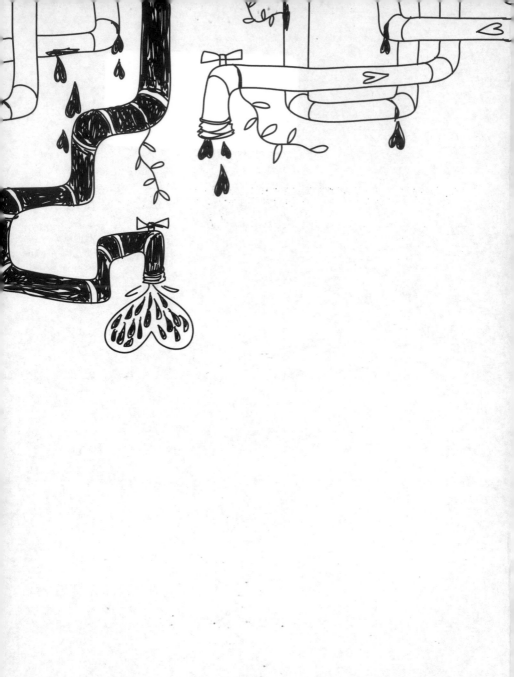

Journal d'une PeSTe

Tome 2

Amoureuse, moi ? JAMAIS !

VIRGINY L.SAM

Illustré par MARIE-ANNE Abesdris

La Martinière j.
FICTION

Dans la même collection :

Journal d'une peste, Tome 1

Mise en pages : Marie-Anne Abesdris.

Polices :
Nowherebound et *South of Knowing Why*
© Raquel Botelho de Carvalho Tavares. Tous droits réservés.
Huruf Miranti
© Adien Gunarta. Tous droits réservés.

© 2015, Éditions de La Martinière Jeunesse,
une marque de La Martinière Groupe, Paris.

ISBN : 978-2-7324-7139-6

Pour Lucette et Samy,
grâce à qui nous sommes (ou pas)
de véritables petites pestes.

Merci à nos trésors de partager leur vie, depuis plus d'un an, autant avec nous qu'avec notre fougueuse petite peste.

Merci toujours infini à Thomas Leclere et Béatrice Decroix d'aimer notre Fannette aussi fort, ainsi qu'à toute l'équipe du Seuil - La Martinière Jeunesse pour leur élan et leur travail dynamique.

Et enfin, un immense merci aux petits lecteurs et lectrices du premier tome de nous avoir nourries d'autant d'enthousiasme et de bonheur.

LA MAGIE DE NOËL

Tu parles!

*J'attends ce jour avec impatience depuis plus d'un mois : ce soir, pour **la soirée du jour de l'an**, je suis invitée à la même fête que...*

THÉO ULMER !

LE KIFF!

youpi!

Génial!

T+F=♥

YES!

happy new year my love!

En vérité, j'ai méga peur !

Les boules !

la flippe !

C'est pour ça que je suis de super bonne humeur. Et, quand je suis de super bonne humeur, je suis **SYMPA** avec tout le monde :

Si tu veux, on peut jouer à Petit Poussin mon ami en mangeant de la confiture à la petite cuillère...

oh oui, youpi !

Elles te vont **trop bien** ces boucles d'oreilles pomme de pin, mamounette. ♥

Mais que t'arrive-t-il fannette ?

Pourtant, les derniers jours ont été plutôt pénibles. Les vacances de Noël, c'est chouette, mais ça tombe toujours au moment où on reçoit le **bulletin du premier trimestre**.

La vie est quand même vachement
mal fichue !

Déjà, les vacances avaient commencé par une belle déconvenue, avec la découverte de mes cadeaux de Noël. J'avais commandé un **scooter volant**.

Ça n'existe pas, je sais, mais n'ayant pas d'idée particulière, c'était pour dire à mes parents de faire preuve d'un peu d'initiative et d'imagination.

Le soir de Noël, près du sapin, il y avait (trois) cadeaux pour moi. (Et (quatre) pour ma petite sœur Eva... Laisse tomber, l'égalité, dans cette famille !)

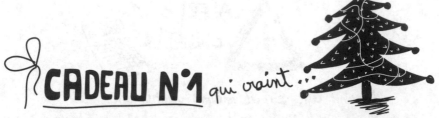

CADEAU N°1 qui craint...

UN ALBUM ILLUSTRÉ SUR LA VIE DES PHARAONS.

ET SI !

Depuis que j'ai dit que j'aimerais bien, un jour, voir une pyramide en vrai, mes parents se sont mis dans la tête que tout ce qui avait un lien avec l'Égypte me fascinait.

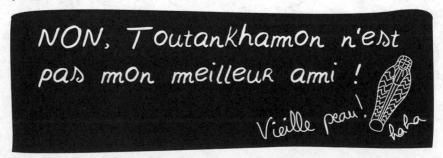

NON, Toutankhamon n'est pas mon meilleur ami !

Vieille peau ! haha

CADEAU N°2 qui vient encore...

Un autre livre : l'histoire vraie d'un petit prodige de l'équitation. 470 pages, écrites tout petit, **AVEC PAS UNE SEULE ILLUSTRATION !**

À L'AIDE !

(Choix incompréhensible de la part de mes parents qui savent que j'ai rompu tout lien amical avec les chevaux depuis que j'ai atterri tête la première dans un buisson de ronces après m'être fait éjecter par un poney hystérique.)

AÏE !

Tu te rends compte, Fannette, ce garçon a ton âge, et est déjà connu dans le monde entier !

Ah ouais ? Bah, adopte-le.

CADEAU N°3

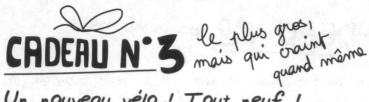

le plus gros, mais qui craint quand même

Un nouveau vélo ! Tout neuf !

Enfin, c'est ce que j'ai cru en ouvrant le paquet **GÉANT**. En réalité, ce n'était que mon vieux vélo repeint en ORANGE par mon père, qui avait aussi changé la selle et remplacé la sonnette par un klaxon en forme de boîte de sardines.

LA HONTE !

Promesse faite à moi-même :

Quand j'aurai enfin un scooter volant, je l'enfourcherai et je partirai loin de cette famille qui ne sait même pas que le ORANGE  est la couleur que je déteste le plus au monde ! arghh

Bye-Bye les CRAIGNOS !

↖ Mon scooter sera bleu turquoise, ma couleur préférée !

BREF, grosse déception, et surtout grosse honte rien qu'à m'imaginer traversant la ville sur un vélo couleur carotte avec un klaxon qui fait pouêt-pouêt !

pouêt

Quand je pense que, moi, je me suis **RUINÉE** pour des poupées russes en bambou à tête de toucan pour ma mère, et un peigne à moustache, gravé de ses initiales, pour mon père !

Et fallait le trouver, celui-là !

L'année prochaine, juré, je leur offre un dessous-de-plat Bob l'éponge et un puzzle de carpe !

GRRR...

on s'éclatera peut-être plus au dîner !

Bloup

plus ridicule, tu meurs !

14

Ce qui m'a consolée, c'est la tête d'Eva quand elle a ouvert ses cadeaux à elle et découvert le déguisement d'**Aladdin**, alors qu'elle avait commandé celui de **Jasmine**. Elle a mordu sa lèvre du bas, son menton s'est mis à trembler très fort, et elle a dit :

Mais, moi, ze suis pas un garçon, ze suis une princesse !

Puis, elle a éclaté en sanglots et a commencé à déchiqueter le pantalon d'**Aladdin** avec des ciseaux de couture.

COUIC !
CRAC !
COUIC !

⚠ Eva EN LIBERTÉ

Maman a crié sur papa qu'évidemmment, un déguisement d'**Aladdin** pour Eva, c'était **N'IMPORTE QUOI**. Surtout que l'an passé, il s'était déjà trompé en lui offrant le pirate au lieu de la sirène.

Faut dire que si papa pensait un peu moins à son travail et un peu plus à sa famille, il connaîtrait mieux les goûts de ses filles ! ET TOC!

Quand ma mère appelle mon père

JEAN et pas **MON POUSSIN**

c'est qu'elle est vraiment, **vraiment,**

très en colère.

OU qu'elle veut lui annoncer quelque chose de **TRÈS** grave :

JEAN, je suis confuse... il était dans la machine avec les draps, à 4000 degrés.

On pourra toujours le donner au Playmobil « homme d'affaires » d'Éva

la tête de mon père bibi →

BREF. Les fringues d'Aladdin ont fini en lanières, mon père a transpiré des tempes 💧💧💧 (quand il est vexé, il transpire des tempes), et **plus personne ne s'est adressé la parole** jusqu'au lendemain matin.

Mais cela n'était qu'un petit incident familial comme il y en a tant.

Non, le vrai **GROS DRAME** de cette semaine date d'avant-hier.

ATTENTION

⚠️ ⚠️ ⚠️ ⚠️ ⚠️

GROSSE

tragédie

Depuis le premier jour des vacances, je faisais croire à toute la famille que je m'étais mise au **FOOTING**.

Mais ze croyais que tu DÉTESTAIS la course à pied ?

CHUT, tais-toi, minus ! Prends un bonbon et va dans ta chambre !

Maman m'avait regardée avec des yeux ronds comme des billes, mais j'ai toujours entendu dire que, lorsqu'on ment, il faut y aller franco, sinon personne ne nous croit. Cas de force majeure !

Depuis le début des vacances, donc, chaque matin, je mettais mon réveil à 8h **(horrible !!!!!)**, j'enfilais mon survêt **(horrible !!!!!)** et je quittais l'appartement en trottinant.

Bracelet absorbant au cas où je transpire vraiment beaucoup

MAIS, plutôt que d'aller me fouler la cheville ou me fatiguer inutilement à courir  pendant une heure, je restais dans le hall de l'immeuble, cachée sous l'escalier, **à attendre le passage du facteur.**

Dring! Dring!

OBJECTIF :

Intercepter mon bulletin scolaire, ET Y FAIRE QUELQUES CORRECTIONS avant de le glisser dans notre boîte aux lettres.

Balaise...

Mᵐᵉ BIDULE

Mᵐᵉ CHIRON

M. GOULET

BARTON

CONFIDENCE : en vérité, à part le fromage et Kevin Vanier, je ne déteste rien de plus que la course à pied. Alors le cross de la ville : même pas en rêve. (10 km, t'es ouf !)

QUESTION :
ça sert à quoi
de courir après
rien ?

PLAN
VIGI-BULLETIN

ZZZZ

Mais, avant-hier, après sept jours sans faiblir, ce que je redoutais est arrivé : **LA PANNE D'OREILLER**.
Il faut dire que je rêvais de Théo ♥♥ me faisant un concert PRIVÉ de batterie sur une plage de Tahiti. ☀ Le genre de rêve tellement beau que tu voudrais que ça dure toujours, et que ton cerveau, qui baigne dans le bonheur, refuse absolument d'entendre la sonnerie du réveil.

Quand j'ai ouvert les yeux, il était 10 heures.

10 heures !!!

J'ai bondi de mon lit, descendu les quatre étages en courant, foncé à la boîte aux lettres en pyjama, mais **TROP TARD : le facteur était passé.** Impossible de récupérer le courrier, il n'y a qu'une seule clé  à notre boîte aux lettres, et c'est mon père qui l'a sur son trousseau. RRRRH...

MERCI

FACTEUR !

BARTON

?

Bulletin or mot bulletin ?

J'ai regagné ma chambre, en priant pour que mon bulletin ne soit pas arrivé justement ce jour-là, mais, à peine franchi le seuil, **j'ai reçu ce texto de Charly :**

Bip Bip

Bulletin arrivé ce matin par La Poste. :'(
Ma mère limite évanouie à cause de ma note de maths ;) ET TOI ?

AAAAAAAAHHHHHH !

La vie est trop injuste !

Je n'ai pas fait une seule grasse matinée des vacances pour intercepter ce _satané bulletin_. J'ai des cernes jusqu'au nombril, et le seul matin où je ne me réveille pas, mon bulletin arrive !

ALERTE BULLETIN NIVEAU 5 !

Madame Pasdebol, vous connaissez ?

Bah c'est MOI !

Là, deux choix s'offraient à moi : soit je me cachais sous mon lit jusqu'à la fin de ma vie, soit je trouvais...

un PLAN B

J'ai opté pour le plan B.

Allez, Fannette, concentre-toi !

Une peste ne doit jamais être à court d'idées, même quand son cerveau est complètement _ramolli_ par un rêve merveilleuuuuuuux.

Un quart d'heure plus tard, après avoir, sans succès, tenté de récupérer le courrier avec une pince à cornichons et un tournevis, je vidais, à l'aide d'une paille, une brique de Candy'Up au chocolat dans notre boîte aux lettres.

Malheureusement, l'enveloppe contenant mon bulletin était protégée par le gros catalogue d'un magasin de meubles, et ce sont les enveloppes que Mamina nous avait envoyées de Savoie avec des billets de 20€ pour Noël qui ont tout pris.

Donc, bulletin intact, mais argent de Mamina foutu. LA POISSE !

De toute façon, j'ai l'impression que la malchance ne me quitte plus depuis l'inondation 〰 dans ma chambre et le désastre de ma tenue le jour de la photo de classe*. 📷 clic clac

DONC...

J'ai eu droit à un MÉGA sermon d'une heure par mes parents, qui ne jurent que par les notes. (Comme s'il n'y avait que ça dans la vie !) $3,5\over 20$ $10\over 20$ $11\over 20$ $6\over 20$ $14\over 20$

Ils avaient l'air CARRÉMENT désespéré qu'à part en maths et en arts plastiques, je n'aie aucune note au-dessus de 11. ↘ OUPS

Quant à l'appréciation générale en bas du bulletin, ça les a achevés :

BULLETIN 1ER TRIMESTRE   signat

Fannette est trop souvent ailleurs. On ne sait pas où, mais certainement pas avec nous, en classe. Rêver pendant le cours n'a jamais rapporté de bonnes notes à qui que ce soit.

En même temps, si les profs étaient moins ennuyeux !

ZZZZ

* voir « Le Journal d'une Peste, tome 1 »

Rêveries de cours :

UN MONDE MEILLEUR.

Les échecs et la pâte à crêpes, comme disciplines au bac.

5 jours fériés en plus par mois.

L'école facultative.

COOL...

Des parents à mi-temps.

yes!

Les M&M's aussi bons pour la santé que les haricots verts.

miam miam

Théo Ulmer qui vit sur le même palier que moi.

Boum chak
Boum chack

Bref, RÊVASSER et imaginer un monde idéal, selon moi, ce n'est absolument pas ne rien faire. Ça me semble même être **une activité indispensable pour la santé mentale.** Et bien plus important qu'un cours de français sur les conjonctions de coordination, par exemple. Mais, va expliquer ça aux profs et à mes parents ! MISSION IMPOSSIBLE!

Heureusement qu'il y a pépé Gaston dans ma vie. Lui, au moins, il voit le positif dans les choses.

RÊVER, C'EST ÊTRE LIBRE. T'as bien raison de rêver, mon petit churros.

Précision : pépé Gaston n'a jamais eu son bac, et ça ne l'empêche pas d'être _le meilleur joueur d'échecs_ que je connaisse et le type le plus rigolo de France (voire du monde).

Je t'aime trop, mon pépé Gaston !

Quoi qu'il en soit, mes parents ont menacé de m'envoyer en pension ~~PRISON~~ dès l'an prochain, si je ne change pas d'attitude.

Mais je ne m'inquiète pas, je sais que tous les parents font ce genre de chantage à leurs enfants. C'est un peu comme quand, moi, je menace Eva de **noyer son chat Nounouche dans un seau d'eau de Javel** si elle n'arrête pas de rentrer dans ma chambre sans permission. C'est juste une menace pour faire peur, je ne ferais jamais ça.

chat javellisé

quoique...

Substances à verser dans pour rendre

Utile pour éviter que tes parents ne lisent ton bulletin de notes ou, tout simplement, pour **POURRIR** le courrier de quelqu'un à qui tu en veux. (Voisin chiant qui râle quand tu mets la musique trop fort dans ta chambre, par exemple.)

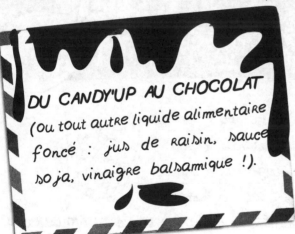

DU CANDY'UP AU CHOCOLAT (ou tout autre liquide alimentaire foncé : jus de raisin, sauce soja, vinaigre balsamique !).

FRANCE   334A   13-01

UNE CROTTE MOLLE RÉCUPÉRÉE DANS LA LITIÈRE DU CHAT (plus elle est molle, plus c'est efficace).

Je sais : c'est vraiment dégueu, mais je vous garantis que vos parents n'oseront pas toucher au courrier. Il faut parfois être radical, dans la vie !

une boîte aux lettres
le courrier illisible

LA POSTE

FRANCE

UN GROS POT DE MIEL LIQUIDE
à vider à l'aide d'un entonnoir
(si vous n'avez pas d'entonnoir, une petite
bouteille d'eau coupée en deux fera
l'affaire). Ça colle tellement que les
lettres seront impossibles à ouvrir.

UN MÉLANGE DE PRODUITS
D'HYGIÈNE QUOTIDIENNE : mousse
à raser, dentifrice (au minimum six
tubes), dissolvant pour les ongles,
teinture pour cheveux !

Petit conseil : tripler les doses,
en cas de gros catalogue de
meubles dans la boîte !

BONNE PESTOLUTION N°8 *

*Être prêt(e) à tout
pour effacer toute trace de
mauvaise note.*

*(Même, en dernier recours, à
kidnapper un prof.)*

LA **FOIRE** AUX **OCCASIONS** **LOUPÉES**

C'est le cas de le dire...

Tout doit disparaître !

Depuis le premier concert des **DEEP DUSTY** dans le garage des parents de Lucas, je n'ai jamais reparlé **EN VRAI** au beau *Théo Ulmer.* ♥♥ (Je dis en vrai parce qu'en rêve, nous avons de longues conversations passionnantes.) *bla bla bla*

Ce jour-là, on avait à peine échangé quelques mots. *Salut ?* Enfin, c'est surtout lui qui avait parlé, parce que moi j'étais complètement **TÉTANISÉE** par mon coup de foudre, plantée dans le sol comme si mon sang avait été remplacé par une **substance paralysante.**

36

Impossible de sortir le moindre mot. Il a dû croire que j'étais autiste !

LA GROSSE HONTE.

Charly, qui me regardait comme si j'étais une extra-terrestre, m'a dit, après, qu'il avait eu l'impression qu'il y avait quelqu'un d'autre que moi dans mon corps, et que ça l'avait un peu inquiété.

Sors de ce corps Toutankhamon...

Mon Charly

Je connais un très bon exorciste...

Après coup, je me suis trouvée SUPER ridicule, et me suis juré que la prochaine fois que je verrai Théo, je me rattraperai, je m'excuserai, je m'expliquerai, bref, que j'assurerai comme une **CHEF**.

Sauf que les DEUX SEULES FOIS où j'ai revu Théo depuis furent, disons...

désastreuses.

Il ne m'a pas reconnue. HEUREUSEMENT ! Sinon, je crois que je serais tout simplement morte sur place.

Adieu Fannette chérie ! Tu vas nous manquer...

Linda m'a trouvée nulle de ne pas lui avoir adressé la parole malgré mon déguisement, mais, franchement, je me voyais mal lui dire :

Salut, Théo, tu me reconnais ? Non, j'suis pas une citrouille débile, je suis Fannette, tu sais, la fille qui craque 🖤 complètement 🖤 pour toi. 🖤

Je rappelle que je HAIS le orange !

LA SECONDE FOIS, c'était un samedi.

Je rêvassais derrière la fenêtre de ma chambre, lorsque **Théo est passé sur le trottoir juste devant mon immeuble.**

Mon cœur s'est mis à battre MÉGA FORT.

Il était trop beau avec son blouson en cuir usé. Moi, j'étais en vieux pull col roulé, pas coiffée (les dents même pas brossées), et je n'aurais jamais osé l'interpeller s'il n'avait pas laissé tomber **son bonnet** qui dépassait de la poche de son sac à dos. YES!

En voyant le bonnet sur le trottoir, je me suis dit :
« Fannette, c'est le moment ou jamais ! » Et je me
suis mise à crier à la fenêtre :

THÉO !
HÉ ! THÉO ! Tu as fait tomber quelque chose ! THÉOOO !
OUH,
OUH ! THÉOOOOOOO !
THÉO !

Mais il a tourné au coin de la rue, sans lever les
yeux, comme s'il ne m'avait pas entendue... Alors que
je HURLAIS comme une **DINGUE**.

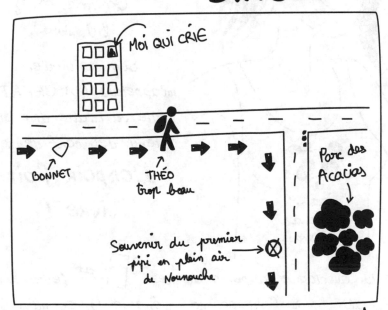

MOI QUI CRIE

BONNET

THÉO
trop beau

Souvenir du premier
pipi en plein air
de Nounouche

Parc des
Acacias

LOUPÉ !

La preuve que je HURLAIS comme une **DINGUE** ?

Ma mère, qui faisait ses abdos à l'autre bout de l'appartement, a _déboulé dans ma chambre_ avec un sourire aux lèvres pour me demander :

Qui est ce Théo que tu appelles si fort, MA CHÉRIE ?

Comme si j'allais lui dire !

Elle croit qu'en m'appelant MA CHÉRIE, elle va m'attendrir et obtenir des confidences... **L'espoir fait vivre !**

je défends les pandas

Je lui ai claqué la porte au nez CLAC (elle rentre toujours sans frapper, ça m'énerve !), et puis j'ai compris pourquoi Théo ne m'avait pas entendue.

J'avais tout simplement oublié d'ouvrir la fenêtre !
Je hurlais comme une folle derrière une fenêtre
double vitrage parfaitement FERMÉE.

LA LOSE
INTERNATIONALE !!!!

♡♡ Je crois qu'être amoureuse, ÇA NE ME RÉUSSIT PAS.

Tu devrais lui faire un SCOUBIDOU.

Moi, z'ai fait ça avec Zozé, mon nouvel amoureux, et maintenant il veut que ze me marie avec lui.

Pourquoi j'ai plus 5 ans ?!!!

1

MÉDAILLE

de la CRUCHE
du mois

Décernée à : **FANNETTE**
dite la débile, qui croit qu'on
l'entend à travers les murs

Par **Fannette**, présidente de
la Confrérie des Pestes

Fannette

Mais tout ça, ce ne sont que des mauvais souvenirs. La seule chose qui compte, maintenant, c'est que ce soir, c'est sûr, **JE VAIS REVOIR THÉO !**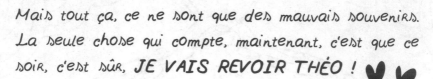

Charly dit même que, si je me débrouille bien, je peux réussir à être la première personne qu'il embrasse au moment du passage à la nouvelle année...

Et ça, ce serait quand même un signe fort pour l'avenir de notre histoire, non ?

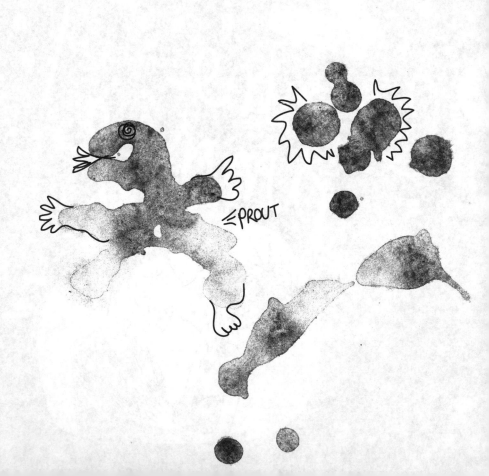

PROUT

le grand jour

L'an passé, pour le Jour de l'an, **Charly** avait eu le droit d'inviter quelques copains chez lui. Pendant que ses parents festoyaient dans le salon, la salle à manger à côté nous était réservée. **C'était notre premier réveillon de Jour de l'an entre copains.**

NE PAS DÉRANGER

Trop Bien !

Charly avait même choisi un thème pour la soirée :

100% GÉANT

Le principe, c'était que **tout devait être plus grand que d'habitude** : Pizza super géante, partie de UNO géante (jusqu'à 3h du matin) et chacun devait venir avec un accessoire géant SUR LUI. XXXXXL

- **CHARLY** s'était fabriqué des **moustaches gigantesques** en carton,
- **LOLA** portait **un collier de perles méga long** qui traînait par terre,
- **LINDA**, un **chapeau pointu** d'au moins un mètre de haut,
- **YÛJI**, une **barbe en coton interminable**,
- **ET MOI**, des **lunettes vertes géantes** en forme de papillon.

Mais, ce jour-là, c'est **BLAISE** - le plus petit de nous tous en taille - qui avait fait le plus fort : il **était** arrivé sur des échasses.

IDÉE TOP !

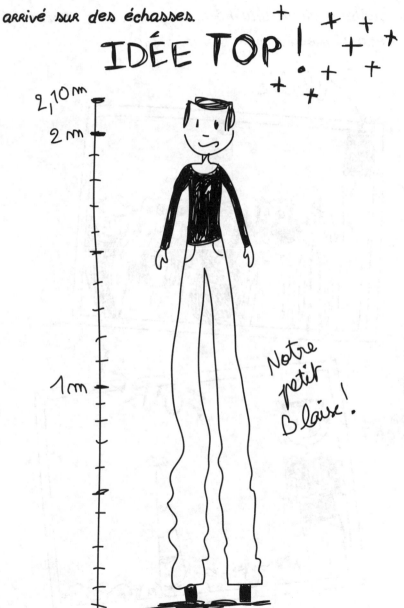

2,10 ᵐ

2 ᵐ

1 cm

Notre petit Blaise !

Mais **PROBLÈME TECHNIQUE** : impossible de prendre une photo souvenir avec tout le monde dessus. Soit Blaise avait la tête hors du cadre, soit c'est nous qui n'étions presque pas sur la photo.

À MINUIT, au moment de s'embrasser, **Blaise**, du haut de ses échasses, a dû se pencher et a perdu l'équilibre. Il est tombé sur **Yûji** qui, lui, a fini sur la table basse avec le super gâteau de **Lola** sous les fesses.

OUPS!

À part Lola (trop déçue que son gâteau finisse en crêpe) et les parents de Charly (énervés d'avoir des éclaboussures de chocolat noir sur leur tapis mauve), on s'est tous marrés comme des baleines pendant au moins une heure.

HA HA HA!

hi hi hi!

Empreintes de fesses de Yûji

Fraises écrabouillées

Taches de nappage chocolat, ÇA CRAINT!

ho ho ho!

Premier fou rire de la nouvelle année, MÉMORABLE!

Cette année, les parents de Charly l'obligent à passer le Jour de l'an chez ses cousins. Des jumeaux qui portent des tongs avec des chaussettes et ne parlent que de jeux vidéo de guerre.

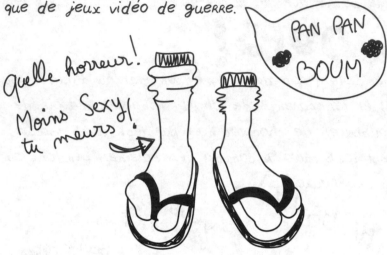

Charly est dégoûté, et moi aussi, parce que le Jour de l'an sans mon meilleur ami, c'est quand même nul.

Du coup, avec Linda, on a accepté une soirée chez Marguerite ✿.

Je fais une super soirée confettis, ça vous dit ?

Si tu sors pas ta flûte OK!

Marguerite, c'est une fille de notre classe qui ne peut pas s'empêcher de faire une démo de flûte traversière à chaque fois qu'on passe la porte de chez elle.

Mais, si Linda et moi avons accepté son invitation, c'est pour la meilleure raison qui soit :

LES MUSICIENS DES **DEEP DUSTY** SONT AUSSI INVITÉS.

Les Deep Dusty chez Marguerite, j'avoue que c'est dur à croire, mais elle m'a juré sur la tête de Zaz (sa chanteuse préférée) que ce n'était pas du bluff et qu'ils avaient confirmé leur venue.

Y A INTÉRÊT, SINON...

(n'oublions pas qui je suis 🐛🐛🐛)

Pour l'occasion, Linda s'est acheté une robe noire pailletée. On dirait une grande dame du siècle dernier, mais ça lui va plutôt bien, et c'est raccord avec ses lunettes.

Vincent, le chanteur guitariste, lui a promis de chanter sa chanson préférée : Stay, de Rihanna.

Elle est à fond !

Rien que d'en parler, elle a plein de larmes au bord des yeux.

Linda = 100% roman-tique

Quant à moi, une bonne nouvelle n'arrivant jamais sans sa copine la nouvelle foireuse, j'ai eu un énorme problème à gérer : Louison, la petite soeur de Marguerite, étant dans la même classe que ma soeur Eva, nos mères avaient prévu que je vienne avec Eva.

NOOOoooON!!!!

= Cri intérieur

Inutile de préciser que cette éventualité m'a empêchée de dormir au moins trois nuits, je crois même que ça m'a donné un peu de fièvre.

Revoir Théo ♥♥ avec ma soeur collée aux basques ?

HORS DE QUESTION ! (Je suis sûre que vous comprenez !) L'ennui, c'est qu'Eva, elle, était très motivée.

youpi !

Ze suis trop contente, ze vais me coucher tard comme les grands !

Ze vais enfin mettre mon diadème Reine des neizes !

Reine des mazes, quoi !

Là, je suis
au fond du trou !

J'ai été obligée de montrer à ma mère un faux texto de Marguerite disant que le hamster de Louison venait d'attraper un genre de virus super rare qui, dans certains cas, rendait **AVEUGLE**. *il fait noir ici!*

ouf, la vilaine...

Maman est devenue toute blanche. (Ma mère a toujours été persuadée que toutes les maladies des animaux se transmettent à l'homme, même si les scientifiques disent le contraire.) Elle a aussitôt changé d'avis et décidé de garder Eva en lieu sûr : **À LA MAISON**.

5 4 3 2 1
Bonne Année!

➡ OUF, SAUVÉE!!

Eva était tellement déçue qu'elle a pleuré toute une matinée. J'avoue que ça m'a fendu le coeur. Pour la consoler, je suis descendue à l'épicerie lui acheter une boîte de trois œufs Kinder Surprise. Apparemment les figurines de La Reine des neiges l'ont consolée : depuis, elle ne pleure plus.

Merci
KINDER

Désolée soeurette, mais il y a des situations **extrêmes** dans la vie. Tu comprendras quand tu seras plus grande...

Stratagèmes pour que votre

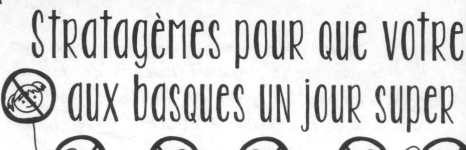

aux basques un jour super

Ça marche aussi pour les petits
frères collants...

L'OVERDOSE DE SUCRERIES

Offrez-lui, la veille, un kilo
de ses bonbons préférés, et
promettez que, si elle mange le
tout en moins d'une journée,
vous lui en offrirez d'autres.
Crise de foie assurée, elle
ne sera pas en état de vous
accompagner.

berk

petite sœur ne vous colle pas important de votre vie

LA DISSUASION PAR LA PEUR

(Vous pouvez laisser libre cours à votre imagination. Ce qui est bien avec les petits, c'est qu'ils croient tout ce qu'on leur dit !)

> J'ai un copain qui mange les enfants

> On va voir des films d'horreur sanglants

> Le père de ma copine est un vampire

> La maison où on va est hantée

maman, j'ai peur

L'OUBLI DE DERNIÈRE MINUTE

Au moment de partir, oubliez tout simplement de l'emmener. Mais attention, prenez bien soin d'oublier également votre téléphone portable, afin de n'être, en aucun cas, joignable avant votre retour à la maison.

OUPS !

DANS MES RÊVES

Marguerite avait dit qu'on serait **30**, qu'on danserait **TOUTE** la nuit, et que sa grand-mère cuisinerait *plein de petits-fours délicieux.* 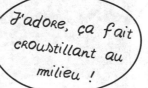 miam

Mais, Marguerite ne doit pas savoir compter jusqu'à trente (on était **12**), et sa grand-mère doit s'appeler Picard Surgelés parce que les petits-fours étaient encore givrés à l'intérieur, et il n'y a que Lola qui en a mangé :

> J'adore, ça fait croustillant au milieu !

Heureusement, les **DEEP DUSTY** étaient bien là !
En fait, ils étaient venus rencontrer Paco, un cousin
de Marguerite ❀, étudiant en photo, qui voulait faire
leur première pochette de disque. TROP DE
CHANCE!

Quand Linda et moi sommes arrivées, elle, en robe
de réveillon à paillettes et, moi, en combi-short Liberty
sur collant et bottes hautes, Vincent a dit :

Vous êtes
CANON, les
filles.

Waouh, merci
beau gosse !

coquelicots rouges comme des tomates...

On a ROUGI comme deux petits coquelicots, et Marguerite, super jalouse, s'est ruée sur sa flûte traversière pour nous jouer une interprétation **très personnelle** de la musique de Harry Potter, histoire d'attirer l'attention sur elle.

UN PUR MASSACRE !

Lucas, le bassiste des Deep Dusty, s'est même bouché les oreilles avec des serviettes en papier ROULÉES. Les serviettes dépassaient de ses oreilles, **C'ÉTAIT TROP DRÔLE.**

Ha, ha

Théo est venu s'asseoir à côté de moi et m'a soufflé à l'oreille **« Faudrait lui faire avaler sa flûte, à celle-là, tu ne crois pas ? »** J'ai rigolé, et puis on a discuté au moins un quart d'heure, RIEN QUE TOUS LES DEUX. bla bla bla bla • • • • +∞

Mais les **DEEP DUSTY** étaient attendus à une VRAIE soirée chez un quatrième, et ils ont dû partir à onze heures.

DOMMAGE COCOTTE! :'(

Avant de sortir, Théo ♥ m'a fait un clin d'oeil en disant :

J'adore tes bottes de rockeuse. Tout à fait mon genre. ★

?? ♥

★ ★ ★

oulala... ça chauffe...

Mon coeur a fondu dans ma poitrine comme une boule de glace au soleil.

Parfois une phrase SIMPLE suffit pour faire d'une journée UNE BELLE JOURNÉE.

Après le départ des Deep Dusty, on s'est retrouvés à 9. Quelques **GENS SYMPAS**, pas mal de **RINGARDS**, et la collection de blagues nulles de **SÉBASTIEN**, dont je vous livre un petit échantillon :

> Comment appelle-t-on des chaussures d'enterrement ?

Réponse : Des pompes funèbres.

ha, ha !   ho, ho.
hi, hi.

Il semble bien clair que le père Noël, cette année encore, ne lui a pas déposé un nouvel humour sous le sapin.

Blagues Carambar

= CHALLENGE 🏆 =

Essayez un jour de rester plus de <u>dix minutes</u> dans la même pièce que Sébastien. Tant que ce garçon est éveillé, il raconte toutes les blagues qui lui passent par la tête, et si personne ne rigole, ça n'a aucune importance, il rigole **TOUT SEUL**.

La plaie !

Exercice :

Relier ces (SUPER) devinettes de Sébastien à leur réponse :

Monsieur et Madame Ouquoi ont deux fils, comment s'appellent-ils ?	Avoir des ampoules aux pieds.
Quel est le comble de l'électricien ?	Milou n'a pas de chien.
Quelle est la différence entre Tintin et Milou ?	Ted et Bill.

BZZ **VOILÀ**, vous avez compris le niveau très élevé des blagues de Sébastien !

à minuit pile 🕐 j'ai embrassé Théo - EN PENSÉES - en lui souhaitant une très belle nouvelle année pleine d'amour (si possible avec moi).

5 4 3 2 1
bonne année !

Pendant que **Lola et Vladimir** s'embrassaient - POUR DE VRAI, EUX - planqués derrière la porte des toilettes (pas trop tôt, depuis le temps qu'ils se regardaient comme des beignets, ces deux-là !).

La suite de la soirée fut assez nulle : tout le monde était crevé, et saoulé par Benjamin qui trouvait super sympa de nous lire **L'INTÉGRALITÉ DU LIVRE DES RECORDS** à voix haute.

> Vous saviez que l'homme qui a mangé 120 langoustines sans les décortiquer, les yeux bandés, s'appelle Joël Marée ? Dingue, non ?

À 2 heures du matin, je me suis réveillée en sursaut, sous un coup de coude de Linda. J'avais piqué du nez sur le canapé sans m'en rendre compte, et dormi presque **une heure**, bercée par l'inventaire des records de l'année débité par l'infatigable Benjamin.

LUI, IL DÉTIENT LE RECORD DU GARS LE PLUS LOURD !!

27 centimètres, le plus long doigt de pied du monde !

génial...

L'ennuyeux quand tu dors, c'est que tu crois que tu as dormi deux minutes alors que tu as dormi, parfois, plusieurs heures. Mais, ce qui est encore plus gênant, c'est que, pendant que tu dors, *TU NE CONTRÔLES PLUS RIEN.*

T'as parlé dans ton sommeil, Fannette !

ÇA CRAINT.

J'ai eu à peine le temps de comprendre ce que me disait Linda, que Marilyn et Marguerite se sont mises à ricaner comme deux grosses nouilles.

hahaha
hihihi

PSSS

VIPÈRES !

J'AVAIS PARLÉ DE THÉO DANS MON SOMMEIL, ET TOUT LE MONDE M'AVAIT ENTENDUE.

Oh, Théo... mon beau Théo

Je t'adore...

Théoooooo...

ZZZZZZZZZZ

LA HONTE !

Les connaissant, je n'ai pas
fini de me faire charrier !

Comment être sûr(e) de compromettantes

NE JAMAIS DORMIR.

SE COUPER LES CORDES VOCALES.

Douce nuit sainte nuit...

PAYER UNE PERSONNE BIENVEILLANTE POUR QU'ELLE RESTE ÉVEILLÉE TOUTE LA NUIT, et vous pince dès que vous prononcez la moindre syllabe en dormant.

ne pas dire de choses pendant son sommeil

ZZ ZZZ ZZZ ZZZIZ

DORMIR AVEC UN GROS SCOTCH SUR LA BOUCHE (attention à l'effet épilation au moment de le RETIRER).

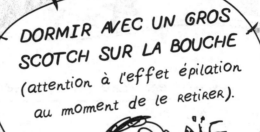

AÏE

Meunier tu dors...

DORMIR SEUL(E), ENFERMÉ(E) À DOUBLE TOUR DANS UNE PIÈCE parfaitement isolée phoniquement (les oubliettes d'un château, un blockhaus ou un abri antiatomique, par exemple). Ainsi vous pourrez dormir paisiblement : quoi que vous direz, personne ne l'entendra JAMAIS.

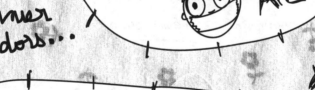

Smack

Tchin Tchin

Bonne Annééée !

Le 1ᵉʳ janvier est l'une des journées de l'année que j'aime le MOINS.

À peine levés, mes parents me demandent systématiquement la même chose :

Alors, Fannette, quelles sont tes BONNES RÉSOLUTIONS pour cette année ?

1. heu...

2. bah...

3. oups!

(En général, ils sourient très grand, comme si le fait de voir leurs dents allait m'encourager à être plus ambitieuse dans mes résolutions.) Sûrement!

Sauf que, quand mes parents parlent de BONNES RÉSOLUTIONS, ils ne pensent évidemment qu'à une seule chose : mon travail au collège.

(Si j'étais un gentil sorcier, comme Merlin l'enchanteur, j'inventerais une formule magique pour **réinitialiser le cerveau de tous les parents**, afin qu'ils s'aperçoivent, enfin, qu'il existe plein de choses super cool et super importantes dans la vie en dehors de l'école.)

L'année dernière, pour faire la fille gentille, j'avais fait semblant d'avoir pris TROIS GRANDES RÉSOLUTIONS EN RAPPORT AVEC LE COLLÈGE. Mes parents étaient trop contents. (Je crois même que mon père a dit : « **Je suis fier de toi.** »)

↳ Le truc de dingue !

RÉSOLUTION 1 :

Moins bavarder en cours.

bla bla bla

Pas facile...

2:31

Malheureusement, Charly m'a chronométrée plusieurs fois, et on s'est aperçus que j'étais incapable de tenir plus de (TROIS) minutes sans parler. Je ne le fais pas exprès, c'est dans ma nature ! (Marilyn est **prétentieuse**, Kevin est **collant**, et moi je suis **bavarde**. CHACUN SON VICE.)

Tu sais quoi...

Je te jure !

bla bla bla...

AU MOULIN À PAROLES

← CHEZ MOI

Alors, plutôt que de me faire couper la langue ou coudre les lèvres entre elles (ce qui serait les deux seules solutions efficaces pour que je ne bavarde plus en cours), **cette année, j'ai préféré laisser tomber cette résolution. NA !**

RÉSOLUTION 2 :

> Me mettre au PREMIER RANG de la classe au moins deux fois par semaine.

Mes parents pensent que, plus tu es **PRÈS du prof**, **MIEUX tu enregistres le cours**. Comme si la proximité permettait aux connaissances de sauter du cerveau du prof directement dans le tien.

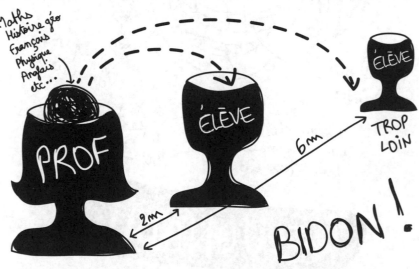

Maths
Histoire géo
Français
Physique
Anglais
etc...

PROF

ÉLÈVE

ÉLÈVE
TROP
LOIN

6 m

2 m

BIDON !

Même si je trouve l'idée parfaitement absurde, j'ai tout de même essayé, une fois, de suivre un cours au premier rang.
C'était en SVT avec Mlle Lumet. *grosse erreur !*

De si près, j'ai pu compter ses poils de nez et détailler tout ce qui était resté coincé entre les bagues de son appareil dentaire depuis le déjeuner à la cantine. Ça m'a bien dégoûtée et beaucoup trop absorbée pour que j'écoute le cours.

Mlle LUMET

pépins de raisin

Lambeau de laitue

Truc qui ressemble à une crotte de nez, mais je ne suis pas sûre.

Reste de bouchée à la reine

RÉPUGNANT !

Depuis, je défends la théorie suivante : voir les profs de trop près pendant les cours empêche de se concentrer sur ce qu'ils disent.

Ma devise est donc :

« Plus t'es loin, plus t'as
de chance de devenir un
bon élève ! »

Einstein au
tableau !

→ RÉSOLUTION 3 :

Apprendre correctement mes leçons, même si elles sont ennuyeuses À MOURIR.

Cette fois, c'est à cause de **M. Chassagne**, mon prof d'histoire-géo, que j'ai dû renoncer dès le premier jour à cette résolution.

En 1453, la ville de Constantinople, capitale de l'Empire romain d'Orient, tombe aux mains des OTTOMANS dirigés par le sultan MEHMET II...

LES OTTOMANS ?
Qui c'est, ceux-là ?
Des super-héros ?

ET MEHMET II ?
On dirait un nom de logiciel informatique !

(Avoue que, toi non plus, tu ne sais pas à quoi te servira, plus tard, d'avoir passé une heure à apprendre ce genre de leçon par coeur...) euh,... à rien ?!

Alors, cette année, j'ai décidé de ne plus mentir. Parce que, finalement...

chut

FAIRE SEMBLANT, C'EST PERDRE DU TEMPS.

hop, poubelle !

(Dommage que Mme Chevreuil, la seule prof de français sympa du collège, soit en congé maternité ; j'aurais pu lui proposer cette phrase comme SUJET DE DÉBAT.)

Mes parents ne sont évidemment pas au courant du secret que je partage avec les membres de La Confrérie des Pestes, à savoir que les seules résolutions que je tiendrai au cours du cours de ma vie sont les Pestolutions que j'inscris dans mon journal.

Mon père a jeté sa tête dans ses mains (comme s'il regrettait de m'avoir reconnue à la naissance), et ma mère a pris son air supérieur de femme qui connaît tout à la vie, pour déclarer que tenir ses résolutions, c'est juste **une question de VOLONTÉ.**

Ma mère et son melon

Mais la VOLONTÉ, ma fille, faudrait déjà que tu regardes dans le dictionnaire ce que cela signifie...

Et gragnagni, et gragnagra.

J'ai dû lui rappeler que, depuis des années, elle demande un **NOUVEAU MAILLOT DE BAIN** une pièce à Noël afin de se remettre à la natation. Sauf qu'en fait, elle ne s'y remet jamais, et que les maillots neufs s'accumulent dans son armoire.

1932   1954   1968   1983   I ♥ SPORT   donuts   1990   2004

OUI, MAIS j'ai l'impression que mes cheveux sont allergiques au chlore.

Bon, voyons...

OUI, MAIS j'ai un ongle incarné. Aïe ppppp pauvre chérie!

OUI, MAIS le maraîcher m'a dit qu'il n'a jamais vu autant de champignons que dans le pédiluve de la piscine.

YES, BUT, j'ai lu dans le dernier numéro of Perfect Family, que nager, it is so fatigant.

CHIPS

MERCI Perfect family !

Ma mère est capable de trouver 1000 excuses aussi nulles les unes que les autres pour ne pas dire qu'elle a juste **la flemme d'aller faire des longueurs**. Et qu'elle préfère passer son temps libre à boire du thé à la vanille avec la mère de Kevin Vanier.

(Je ne sais pas si c'est parce qu'elles sont de plus en plus copines, ces deux-là, que Kevin me colle encore plus qu'avant. J'ai reçu 4 messages de bonne année de sa part en 2 jours !) **C'est 4 de trop !**

En tout cas, si ça continue, on pourra bientôt ouvrir **un stand de maillots de bain sur le trottoir en bas de l'immeuble,** et acheter une nouvelle voiture avec l'argent récolté !

Pour finir sur les bonnes résolutions de début d'année, ma soeur Eva applique une technique originale et franchement très rusée : **elle ne choisit que des résolutions parfaitement irréalisables,** comme ça, personne ne l'embête quand elle ne les tient pas.

CETTE ANNÉE, ze ne manzerai plus du tout de bonbons, ze ferai mon premier saut en parachute et ze brosserai les dents de Nounouche tous les soirs.

QUOI?

PAS BÊTE LA PETITE !

L'an prochain je fais comme elle, et j'ai déjà choisi ma bonne résolution :

à partir d'aujourd'hui, promis, je suis SURDOUÉE !

BONNE PESTOLUTION N°9

Ne gaspillons pas notre énergie pour une résolution qui ne nous ressemble pas.

(Préférer ne prendre aucun engagement à celui dont on sait, par avance, qu'on ne le tiendra pas. Peste-harmonie intérieure oblige !)

Je suis ce que je suis

La deuxième chose relativement désagréable qui se produit chaque 1er janvier, c'est qu'il règne dans l'atmosphère comme un soudain sentiment d'amour universel qui nous oblige à dire BONNE ANNÉE et à échanger DES BISOUS avec TOUTES les personnes qu'on croise. SANS EXCEPTION!

Un mélange universel de microbes. génial!

Même avec celles qu'on connaît à peine, ou celles que, d'habitude, on fait semblant de ne pas voir pour ne pas être obligé de leur adresser la parole.

Quand je dis ça, je pense tout de suite à **Mme Chiron**, notre voisine.

PLUS BAVARDE QU'ELLE, ÇA N'EXISTE PAS !

L'autre jour, j'ai même loupé le début de Vampire Academy au cinéma à cause d'elle.

VAMPIRE Academy

← Trop flippant, j'adore !

Étant donné que **chez Mme Chiron**, c'est un peu **comme une annexe de la SPA** (elle adopte tous les animaux abandonnés qu'elle trouve depuis 15 ans !), elle est capable de parler du monde animal pendant des heures sans se lasser.

Tu sais que même LES CHATS peuvent avoir la jaunisse ? ET LES OISEAUX... Ils sont incroyablement intelligents, les oiseaux. Sais-tu, par exemple, que la pie bavarde a une intelligence supérieure ? Lorsqu'on la place devant un miroir, en voyant son reflet, elle comprend qu'il s'agit d'elle-même, ce qui est absolument EXTRAORDINAIRE...

soporifique

M. **Devoldère**, le plus vieil habitant de l'immeuble, compare l'appartement de Mme Chiron à L'ARCHE DE NOÉ. D'après lui, elle partage son 55 m^2 avec pas moins de 22 bestioles.

Sans compter les puces de ses chiens, bien entendu. Ha, ha, ha !

(Ça, c'est la grosse blague que M. Devoldère sort à tout le monde, et qui ne fait rire que lui. Vu le niveau de son humour, je me demande si M. Devoldère ne serait pas un ancêtre de Benjamin...)

Faudrait faire un test ADN !

Bref, afin d'esquiver Mme Chiron quand je la croise dans l'immeuble, **SOIT je me baisse pour refaire mon lacet** (il m'est arrivé d'utiliser cette feinte alors que j'étais en bottines - ou même en tongs), **SOIT je fais semblant d'être au téléphone** avec quelqu'un de très important.

Tout à fait, MONSIEUR LE PRÉSIDENT, je vous retrouve à la Maison-Blanche à 14 h...

Parfait Fannette !

Mais bien sûr, je vous apporterai mon projet de loi sur l'installation de baraques à frites dans les cours d'école...

CHARLY

Imagine !

Là, je le dessine en grand car je crois que c'est vraiment une bonne idée...

les profs cuisent les frites et nous, on les mange...

LE FRITE-SCHOOL

> 10/20 = 1 frite

Bon, là faudrait que ¥ fasse un effort...

Camion décoré en arts plastiques

Aujourd'hui, hélas ! IMPOSSIBLE de l'éviter : pour souhaiter la bonne année à tous ses voisins, **Mme Chiron a sonné à toutes les portes,** l'une après l'autre.

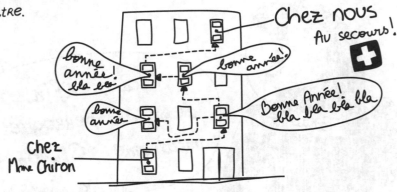

Lorsque j'ai ouvert, elle s'est jetée sur moi comme une furie pour m'écraser deux "bisous piquants" sur les joues et me hurler dans l'oreille :

Ensuite, elle m'a obligée à **EMBRASSER TONUS**, le perroquet qu'elle promène toujours sur son épaule.

si si !

Mais, enfin, c'est un perroquet, madame Chiron !

Il est mignon, mais quand même...

Et alors ?
ça ne l'empêche pas d'être romantique, tu sais.
Il adore les bisous !
D'ailleurs, sais-tu que les perroquets ont une température corporelle supérieure à la nôtre, entre 40 °C et 41 °C...
et bla bla bla bla bla...

NOOOOON!
PITIÉÉÉÉÉ!

Ça suffit, la pie!

Il a fallu que je JURE sur la tête de Robert Pattinson pour que Charly me croie quand je lui ai raconté avoir fait **la bise à un perroquet romantique** pour lui souhaiter la bonne année !

CHICHE!

Moi, JAMAIS je n'embrasserais un volatile. J'aurais trop peur qu'il me plante son bec dans l'œil et que je sois borgne à vie !

Sans blague !

Charly dit ça parce qu'il ne connaît pas le perroquet de Mme Chiron. **TONUS** est plus inoffensif qu'un **perroquet en peluche** : il ne bouge quasiment jamais... mon père dit que Mme Chiron <u>doit le droguer</u> pour qu'il soit amorphe à ce point.

Une petite goutte Mme Chiron ?

C'est bien simple, la première fois que je l'ai vu, j'ai cru qu'il était **empaillé** ! HEUREUSEMENT que j'ai remarqué qu'il clignait des yeux de temps en temps, parce que j'étais prête à faire interner Mme Chiron en hôpital psychiatrique.

Allô, une malade mentale se promène dans mon immeuble avec un perroquet mort sur l'épaule, je vous l'envoie ?

En tout cas

Je trouve ça louche de prénommer un perroquet immobile du matin au soir TONUS. Moi, je l'aurais plutôt appelé

MOUDUGENOU ou COMA.

question de logique !

Comment éviter les bisous

Valable pour le 1er janvier, mais aussi pour les jours d'anniversaire, de mariage, de victoire des Bleus à la Coupe du monde de foot, ou pour tout autre jour qui met en joie. Non, mes joues n'appartiennent pas à tout le monde !

dessiné au rouge à lèvres

SE DESSINER UN (OU PLUSIEURS) GROS BOUTON(S) BIEN GRAS SUR UNE JOUE.

(Inconvénient de cette technique : les boutons dissuaderont tout le monde, sauf ceux qui ont eux-mêmes des boutons sur la figure !)

SORTIR LA TÊTE SAUCISSONNÉE DANS LA CAPUCHE D'UN K-WAY DONT LE CORDON EST SERRÉ AU MAXIMUM.

Votre visage sera tellement comprimé qu'il sera parfaitement impossible pour quiconque de vous identifier

la classe américaine !

de gens qu'on n'a pas envie d'embrasser

TOUSSER TRÈS FORT À L'APPROCHE DE LA PERSONNE QU'ON NE SOUHAITE PAS EMBRASSER.

Elle s'arrêtera en plein élan, de peur d'attraper un virus. Pour plus d'efficacité, ajouter, entre deux quintes de toux, une phrase du type : « Cette vilaine grippe me tuera, si ça continue ! » (Technique garantie par pépé Gaston, qui l'a testée avec succès dans sa maison de retraite.)

COINCER UN MORCEAU DE BRIE TRÈS COULANT (DONC TRÈS ODORANT) DANS LE COL DE SON MANTEAU OU LE PLI DE SON BONNET.

On ne vous approchera pas à moins de 10 mètres. (En tout cas, cette technique est efficace à 100% sur moi : je déteste le *Berk* fromage plus que tout !)

Plume de Tonus,
ramassée dans
l'escalier

L'imagination surnaturelle de PÉPÉ GASTON

Ce matin, **PÉPÉ GASTON** a encore piqué le téléphone de Mme Briard, sa voisine de chambre (elle a un portable mais elle ne sait pas s'en servir), pour m'écrire un texto :

Apporte donfc ;/ù..sk, des étiwquettes commde cellegs qque tu collesf=,,+ sur tes livres deδδδ classe, mOnx===x petit churros...., je t'expliquerai §èé(&àç(é;:

Rrrroh, le téléphone de l'âge de pierre !!!...

Vu la tête de son texto, j'imagine qu'il a dû ronchonner pas mal en essayant de taper son message avec ses vieux doigts tout courbés :

Ces fichues touches sont petites comme des CHIURES DE MOUCHE sur leur BAZAR de téléphones modernes !

bzzz

Pépé Gaston et moi,
on est PAREILS :

Rrrrrh...

On râle souvent, mais jamais longtemps !

L'inverse de papa qui a tenu, une fois, 17 JOURS sans m'adresser la parole parce qu'il était en **COLÈRE** contre moi. **OUPS...**

Il faut dire qu'un dimanche, j'avais pris son rasoir électrique pour faire une expérience sur Nounouche : lui tailler des motifs géométriques sur le dos, comme font certains footballeurs sur leur crâne.

BZZZ !

BRASIL

Sympa, non ?

LE PROBLÈME, c'est que si Nounouche a bien supporté l'expérience, le RASOIR de papa, lui, n'a pas survécu.

poils de nounouche coincés

➡ RASOIR DEAD !

miaou parce que je le vaux bien ...

Lundi matin, Papa a dû partir au travail avec sa barbe du week-end , ce qui a complètement PERTURBÉ Bernard, son collègue super-nerveux et - ne nous le cachons pas - un peu ZINZIN, qui lui a pourri sa journée avec ses poussées de PANIQUE.

MAIS QU'EST-CE QUI T'EST ARRIVÉ, JEAN ! Tu as quoi sur les joues ?!

C'est de la barbe, Bernard, rien de grave, DÉTENDS-TOI.

Crise cardiaque en vue

OH - MON - DIEU !

Ma mère pense que Bernard a sans doute reçu **une chose très lourde sur la tête dans son enfance** pour être toujours aussi

PANIQUÉ.

Maman?

Papa, lui, prétend que c'est **depuis l'incendie dans son abri de jardin**, deux ans plus tôt, que Bernard a **PÉTÉ LES PLOMBS.**

MAMAN!

Personne n'explique pourquoi ça l'a perturbé à ce point, mais ce qui est sûr, c'est que mon père n'en peut plus de travailler avec un collègue qui s'affole à longueur de journée POUR RIEN.

→ Pour une fois, je le comprends...

À 14 h 30, *j'ai enfourché mon vélo horrible* (oui, le orange avec la selle poilue et le klaxon boîte de sardines !) pouet et je suis allée rejoindre pépé Gaston dans sa chambre du Clos des Sirènes.

J'ARRIVE PÉPÉ CHÉRI !

Mes lunettes pour passer incognito devant le collège

Mon klaxon de poissonnière...

Mon poil aux fesses !

Quand je suis arrivée, il **mangeait des pâtes de fruits** en lisant son **dictionnaire des citations**. Comme d'habitude, il avait commmencé par celles au cassis, qui sont aussi mes préférées.

La vieillesse, c'est comme les pâtes de fruits, il ne faut pas en abuser.

Une fois de plus, mon **PÉPÉ GASTON** chéri m'a prouvé qu'il n'y a pas d'âge pour avoir de l'imagination et, franchement, s'il avait été plus jeune de quelques décennies, je l'aurais nommé **COPRÉSIDENT** de la Confrérie des Pestes.

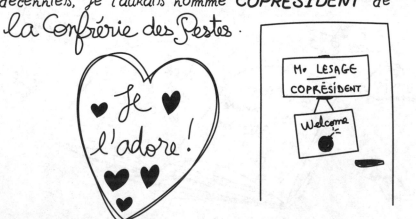

Au début j'ai cru qu'il s'agissait d'un concours de croassements (et j'avoue que ça ne m'emballait qu'à moitié !), mais pépé Gaston m'a expliqué que CORBEAU est aussi le nom qu'on donne aux auteurs de lettres ou de coups de téléphone ANONYMES.

Beaucoup plus excitant !

L'AVaNtAgE dES LEttRES anoNYMes, c'est QU'oN n'est PaS oBLiGé d'Y RépOnDRe.

L'endroit incontournable, fréquenté au moins deux fois par jour par toute personne, pensionnaires et personnel, vivant dans la maison de retraite de pépé est :

L'ascenseur

Idéal pour faire du grabuge !

L'idée de pépé était de **COLLER DANS L'ASCENSEUR UN TAS DE PETITES ÉTIQUETTES**, chacune porteuse d'un message capable de déclencher une petite *RÉVOLUTION* au Clos des Sirènes.

étiquette comme celle-ci

Cette année, je les ai prises vertes, ça change...

Si on ne prend pas les choses en main, mon petit churros, on va tous finir par MOURIR D'ENNUI, ici !

Ci-gît Fernande Morose

Pour chaque petite étiquette autocollante, **pépé dictait**, et **moi j'écrivais**. Comme ça, si la directrice, Mme Crispine, décidait de soumettre les pensionnaires du Clos des Sirènes à une ANALYSE GRAPHOLOGIQUE afin d'identifier **le CORBEAU**, pépé ne pourrait pas être incriminé.

Eh ! On pense à tout !

J'aime les pâtes de fruits.

Écriture de vieux CORBEAU gourmand et tout tremblant.

J'aime les pâtes de fruits.

Écriture de CORBEAU jeune et jolie qui sent bon la vanille. (MOI)

M. Belon
pète tout
le temps.

Mme Lee met ses
mouchoirs usagés dans
la poche de veston
de M. Grivollet.

Ça, c'est vicieux...

Y en a marre
de la salade
de betteraves !

Plus on
est de vieux,
plus on rit.
Ha !

M. Bouchard
mange
les mouches
mortes. †

coucou

S'il vous plaît,
Mme Mayet, changez
de DENTIFRICE !

beurk

VIVE LA
RÉVOLUTION !!!

Quelqu'un pourrait-il faire démissionner Mme Crispine ?

Mme Briard a les plus belles jambes de la ville.

La priorité à droite, ça existe, même en fauteuil roulant !

M. Lesage a des trous à ses slips.

RUSE !

POUR QUE PERSONNE NE SOUPÇONNE pépé, nous avons décidé de lui consacrer une étiquette, comme s'il était lui-même la cible du CORBEAU. Au départ, pépé voulait qu'on écrive « M. Lesage fait pipi dans les plantes du couloir. »

Mais j'ai trouvé ça trop risqué vu que, l'an passé, un pensionnaire s'était fait renvoyer après avoir taillé par trois fois le ficus de l'accueil sans permission. Les plantes vertes, ici, ça a l'air sacré ! *

Alors d'un commun accord, on a opté pour les trous dans le slip. grand slip de pépé

Une fois les étiquettes prêtes, on a attendu **16 H** pour aller les coller dans l'ascenseur.

Au Clos des Sirènes, **16 H** est la meilleure heure de l'après-midi pour que **les experts en pestothérapie** que nous sommes mettent en place leurs plaisanteries.

À cette heure-là, la majorité des pensionnaires dégustent un chocolat chaud en regardant une émission de chansons toutes nulles à la télé.

"THE RUSTIC VOICE"

Michel Gueulard (chanteur ringard)

J'comprends pas que quand il te reste si peu de temps à vivre, tu le gaspilles à regarder des IMBÉCILLITÉS PAREILLES !

Sur les 15 étiquettes que j'avais emportées, 4 étaient encore vierges. Nous avons décidé de les coller avec les autres dans l'ascenseur pour laisser la possibilité à d'autres personnes de s'exprimer.

Liberté, égalité, fraternité

LÂCHEZ-VOUS, LES SIRÈNES !

Pépé a insisté pour qu'on ajoute de **la glue** à la **surface autocollante des étiquettes** afin d'être certains qu'elles ne se décollent pas d'un simple coup d'ongle, et que tout le monde ait le temps d'en profiter avant que Mme Crispine convoque **un service de nettoyage SPÉCIAL**.

À **17 H 04**, les premières réactions se sont fait entendre : un groupe de mamies se tordaient de rire en lisant les étiquettes et y allaient de leurs petits commentaires. Pour immortaliser ce moment, je me suis cachée derrière un poteau du couloir et j'ai filmé avec mon portable.

Et bla bla bla bla

Ça, c'est bien dit !

Moi, j'aime bien les betteraves, on dit que ça donne les cuisses roses.

Ben dis donc...

Il faut dire que M. Grivallet ne cesse de rouler sur les pieds de cette pauvre Mme Lee avec son fauteuil. Elle a bien raison de se VENGER.

hihihi...

Ensuite, **deux infirmières sont arrivées et ont rigolé comme des folles**. Pépé était trop content et moi aussi. Mais, quand la directrice est arrivée, **FURAX**, les deux infirmières ont aussitôt changé d'attitude :

Mme Crispine a lu les étiquettes une par une en poussant des petits cris ridicules et en se tenant la tête des deux mains :

Et puis, d'une voix GRAVE et tremblante (comme si elle annonçait la Troisième Guerre mondiale), elle a déclaré :

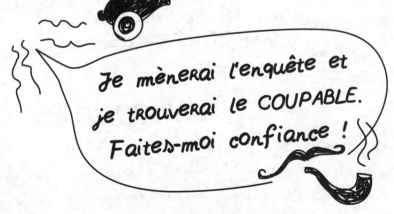

Mme Mayet a dit « V'là qu'elle se prend pour Sherlock Holmes, maintenant ! » et tous les petits vieux ont rigolé.

Trop Mignons

Choses à coller dans un

 RDC   1er étage

P-S : Je prends mon immeuble pour exemple, même s'il a été construit à une époque où les ascenseurs n'existaient pas, sûrement au Moyen Âge ou au Paléolithique.

PETITES ÉTIQUETTES AUTOCOLLANTES
(façon pépé Gaston)
pour régler ses comptes
avec les voisins

La jeune fille du quatrième est vraiment CANON.

Ça, c'est moi

Ça serait bien que Mme Chiron ait une extinction de voix qui dure 100 ans !

UN SONDAGE ?

Qui est d'accord pour un distributeur de cacahuètes dans l'ascenseur ?

POUR	CONTRE
|||||||	|| Pfff

Qui vote pour que le monsieur du troisième arrête de jouer du saxophone à tout jamais ?

POUR	CONTRE
|||(||||	||||||

ascenseur pour rendre
l'ascension plus marrante

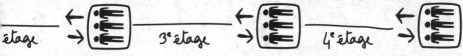

étage → 3ᵉ étage → 4ᵉ étage →

UN MANDALA
À COLORIER
COLLECTIVEMENT

1,50m
×
1,50m

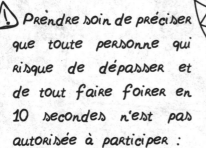

⚠ Prendre soin de préciser que toute personne qui risque de dépasser et de tout faire foirer en 10 secondes n'est pas autorisée à participer :

• Personne portant des lunettes mais qui les a oubliées chez elle.

• Personne ayant les deux mains dans le plâtre. ×2

• Aveugle.

• Petite mioche blonde qui pourrit les coloriages de sa grande sœur depuis 5 ans.

Ça, c'est pour Eva !

En quittant la chambre de **PÉPÉ GASTON** , j'ai réalisé que je m'étais tellement amusée que je n'avais pas pensé à **THÉO ♥** une seule fois depuis plus de deux heures. **EXPLOIT!** 🏆

Dans l'ascenseur, je ne sais pas ce qui m'a pris, mais j'ai attrapé un stylo dans mon sac et ai inscrit sur l'une des étiquettes restées blanches : ✏️

Théo ♥

ouh, la coquine

Devant le Clos des Sirènes, alors que j'étais dans une position débile, les fesses à moitié en l'air, à me battre avec l'antivol de mon vélo qui était coincé dans les rayons de la roue arrière,

j'ai entendu une voix derrière moi :

LA VOIX :

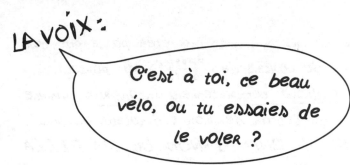

C'est à toi, ce beau vélo, ou tu essaies de le voler ?

qui a dit « beau » ?

Je me suis retournée et devinez qui se tenait là ?

THÉO !

Une table de chevet sur le dos et une horloge sous le bras.

Au début, évidemment, j'ai pensé que c'était **un délire de mon esprit de peste amoureuse.** Dans le désert, les gens voient bien des oasis  qui n'existent pas ; pourquoi, moi, ne verrais-je pas des THÉO qui n'existent pas ?

Théo

Théo

Théo

Théo

Théo

Théo

La THÉO obsession

Théo

Théo

Théo

En réalité, je ne me suis pas inquiétée parce que ces derniers jours, *je voyais des* **THÉO** ♥ *partout.* Même à <u>des endroits complètement incongrus</u> comme dans le reflet de l'écran de mon ordinateur ou pire : **DEBOUT SUR UN CHAMPIGNON DE MA PIZZA REGINA.** (Il a fallu que je mange le champignon pour être certaine qu'évidemment, aucun être minuscule en forme de Théo n'avait pris racine dessus.)

Salut Fannette

Théo

Ajouter des petits raisins pour une régina au top. Essaie !

Quand je vous dis que l'amour ♥ ne me réussit pas !

Mon cerveau nage en plein délire

J'ai failli avaler mon chewing-gum quand j'ai compris que le Théo qui se tenait devant moi n'était pas un mirage, mais bel et bien

LE VRAI **THÉO ULMER** ♥ ♥ ♥

Don't panic, Fannette !

THÉO ♥ m'a présenté son père, qui, lui, portait un fauteuil sur le dos, et demandé si je pouvais leur tenir la porte de l'ascenseur ouverte le temps qu'ils le chargent.

C'est vraiment drôle comme Théo et son père se ressemblent ! En fait, ce sont vraiment les deux mêmes, sauf qu'il y en a un plus vieux que l'autre.

Théo

Beau-papa

Enfin, futur...

Tout en gardant la porte de l'ascenseur ouverte avec mon pied, j'ai gratté comme une folle l'étiquette inscrite Théo ♡ pour la décoller. *gratte gratte...*

TROP LA HONTE si Théo tombait dessus !

À tous les coups, il devinerait que c'était moi qui l'avais écrite.

MAIS IMPOSSIBLE DE LA DÉCOLLER.

Merci, pépé Gaston, pour l'idée de la glue !

Panique à bord

Mon cœur battait à au moins 10 000 pulsations par minute **quand Théo et son père sont entrés dans l'ascenseur :** Prise de court, j'ai eu juste le temps de coller mon chewing-gum sur le mot « THÉO ». Je crois que j'étais rouge comme une tomate super-mûre.

à la fraise

Le temps que l'ascenseur monte les deux étages,
Théo et son père se sont amusés à lire les étiquettes.

J'avais trop envie d'avouer que c'était **PÉPÉ GASTON**
et **MOI** qui étions à l'origine de cette super initiative,
MAIS UN SECRET EST UN SECRET, et pépé et
moi avons prêté serment de n'en parler à personne
sauf à mes enfants - enfin, quand j'aurai des
enfants, évidemmment.

J'en voudrais au moins 5.

Quand je suis rentrée chez moi, j'étais sur un petit NUAGE.

Pépé Gaston et la mamie de Théo vivant désormais à la même adresse, on allait se voir souvent, c'est sûr.

yesss!

Je devais être vraiment perchée très très haut parce que quand Eva m'a demandé :

Ze peux découper dans ton album COLLECTOR Harry Potter, ze fais un super collaze pour Zozé ?

J'ai répondu OUI!

(Je suis CINGLÉE!)

Deux ans de collection évaporés en deux minutes...

Un souvenir
de mon album
déchiqueté

QUAND LE MAUVAIS SORT S'ACHARNE +13

CRAC

Pas de Bol!

+ pied gauche +

Hey, tu veux aller voir ailleurs si j'y suis ?

Il y a deux jours, j'ai cru qu'une bonne étoile s'était installée au-dessus de la ville : il neigeait tellement qu'aux infos, ils ont dit que les écoles et collèges risquaient de RESTER fermés le lendemain, pour la RentRée de janvier.

cool

CE QUI M'ARRANGEAIT BIEN, JE L'AVOUE.

Pour deux RaiSons :

1 Je ne crache jamais sur un jour supplémentaire de vacances.

Merci père Noël!

2 Maintenant que mon vélo a eu droit à un coup de jeune, mes parents ont décrété que, **quelles que soient les conditions météo**, j'irais au collège AVEC.

Même par moins 78 degrés. génial! glagla

(Avant, au moins, mes freins se bloquaient dès que la température descendait en dessous de 5 °C. Du coup, mon père m'accompagnait en voiture.)

VROUM VROUM

STOP PAPOUNET ! Je préfère que tu me déposes là...

BAH POURQUOI ?

EUH, j'ai des fourmis dans le genou, faut que je marche un peu.

Collège Jules Ferry

V NDA

Avec les vérandas **VENDA**, jamais froid!

LE VRAI POURQUOI : le super slogan de la lose que t'as envie que PERSONNE ne voie !

140

bye bye

HÉLAS ! La bonne étoile n'a pas fait long feu dans le ciel de notre région. **Le lendemain matin, toute la neige avait fondu.** Même plus l'ombre d'un flocon.

DÉGOÛTÉE !

RIEN

Ouin,
z'ai même pas eu le temps de faire un bonhomme de neize !

ZE VEUX DE LA NEIZE !

ZE VEUX DE LA NEIZE...

X 1000 = Caprice de petite RELOU

SPÉCIALITÉ D'EVA :
le bonhomme de neige
"Fée Clochette"

Vue de ma chambre à
21 h la veille au soir
chanti
ville
pchttt
Miam
On dirait un gâteau
en forme de ville
recouvert de chantilly.

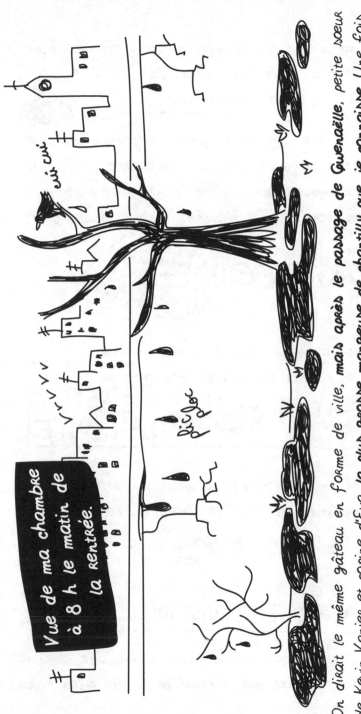

Vue de ma chambre à 8 h le matin de la rentrée.

cui cui

pic pic plac

On dirait le même gâteau en forme de ville, mais après le passage de Gwenaëlle, petite sœur de Kevin Vanier et copine d'Eva, la plus grosse mangeuse de chantilly que je connaisse. Une fois, je l'ai vue avaler deux bombes de chantilly entières ! Dans un si petit corps, j'ai toujours trouvé mystérieux que ça ne ressorte pas par les trous de nez, le coin des yeux ou le trou des fesses.

LE TUBE DIGESTIF DE GWENAËLLE = GROS mystère de la NATURE

Je suis donc partie au collège à vélo, emmitouflée comme la petite cacahuète au milieu du M&M'S, et en pédalant à fond les ballons.

D'abord pour que personne n'ait le temps de me reconnaître sur ce vélo orange surréaliste ; ensuite, pour ne pas arriver au collège dans le même état qu'un poisson pané  de chez Picard, c'est-à-dire…

…SURGELÉE.

poêlée de Fannettes à la Forestière ❋

Aller en vélo orange à selle poilue
et klaxon ridicule au collège :

➡ C'EST
LA HONTE !

Aller en vélo orange à selle poilue et
klaxon ridicule, et dans le froid au collège :

➡ C'EST
LA HONTE PUISSANCE 10 !

(La honte, c'est un peu comme une promenade avec les parents : c'est toujours moins horrible en été qu'en hiver)

wouhaouh !

TROP EXTRA ton vélo.

Il est de la même couleur que le maillot de l'équipe de foot des Pays-Bas, mon équipe préférée ! Tu connais Wesley Sneijder et Rafael van der Vaart ? Ce sont mes idoles, ces mecs ! Je pourrais me prendre en photo dessus, s'te plaît ?

couleur abricot écrasé, tu parles !

Manquait plus que ça !

BENJAMIN

MAXIMILIEN

Yo, TON KLAXON, TROP SURCLASSE ! Les sardines à l'huile, c'est mon entrée préférée après les œufs mayo. V'là le kiff ! Top là, Fannette !

pouic pouic

Klaxon en œuf mayo, encore pire...

145

« Les goûts, c'est comme les fesses, on a chacun les nôtres ! » C'est **PÉPÉ GASTON** qui m'a dit ça, il y a longtemps. Ce jour-là, il m'avait remonté le moral parce que j'avais dépensé TOUT l'argent que Mamina m'avait envoyé pour mes 9 ans pour **un imper rouge à pois blancs trop craquant**, mais qui avait fait de moi *LA RISÉE DE L'ÉCOLE*.

T'as muté en coccinelle pendant la nuit ?

Et alors, c'est mignon une coccinelle

Ma grand-mère a une nappe en toile cirée dont elle ne se sert plus. Tu veux que je la récupère ? Tu pourrais t'en faire un bob ? ha, ha

hihihi

T'as des goûts de chiotte !

Toi-même !

Pépé s'était alors plongé dans son dictionnaire des citations, et m'avait fait écrire AU MARQUEUR  sur une feuille de mots croisés arrachée du journal télé de la maison de retraite :

(impossible de trouver une feuille blanche !)

En fait de goût, chacun doit être le maître chez soi.

Voltaire

Ça veut dire, EN GROS, qu'il n'y a pas de bon goût ou de mauvais goût.

Chacun aime ce qu'il veut et c'est très bien comme ça.

MOI, je suis D'ACC' avec monsieur Voltaire.

1694 - 1778
Encore plus vieux que pépé !

VIVE LA LIBERTÉ !

ET VIVE MES GOÛTS À MOI !

Par exemple mon trop chouette imper

Puis il avait ajouté :

Il a raison, ce Voltaire : qu'est-ce qu'on s'ennuierait si on aimait tous les mêmes choses. Tu ne crois pas, mon petit churros ?

J'ai l'impression que *l'ennui* est la plus grande hantise de mon **PÉPÉ GASTON**.

Au fait, est-ce que ça existe l'ennuiphobie ?

Ensuite, il m'avait fait plier la feuille en huit et la mettre dans ma poche, pour que je l'aie TOUJOURS sur moi et que je puisse relire cette phrase TOUT LE TEMPS.

Pendant au moins un an, je l'avais souvent relue (c'est pour ça que je me la rappelle par cœur).

Jusqu'au jour où ma mère a lavé ma veste sans me prévenir et que le papier a fini en confettis dans le tambour de la machine.

2 H après : Fringues version mouchetée. Pas mal...

ÉVIDEMMENT, ma mère a fait **une crise d'hystérie** en sortant son espèce de ROBE-PULL moche pleine de bouts de papier coincés entre les mailles. Et je me suis fait HURLER dessus, alors que je n'y étais pour RIEN.

Fanneeeeetttte !

Ce pull m'a coûté 98 346 810 497 298 DOLLARS ! $ $

Euh, en euros ça fait combien ?

Merci la vie !!

MORT À L'INJUSTICE !

Elle prendrait moins de risques si elle demandait avant de laver les affaires des autres !

Non mais.

BONNE PESTOLUTION N°10

TOUJOURS laisser un Kleenex ou un vieux bout de papier dans ses poches **afin de POURRIR la machine** à laver quand nos parents décident de laver nos fringues sans nous consulter.

(Et si - plus RARE - ils lavent vos cheveux sans vous demander, mettez des poux dedans.)

BREF.

En hommage à cette phrase de Voltaire, je ne décernerai pas de MÉDAILLE DU MAUVAIS GOÛT, ni à Benjamin ni à Maximilien, malgré le fait qu'ils s'extasient tous deux devant le relooking abominable de mon vélo.

pouet

Pourtant, ce n'est pas l'envie qui me manque...

Allez, j'en dessine quand même une. Mais, toute petite.

C'est mon journal, après tout !

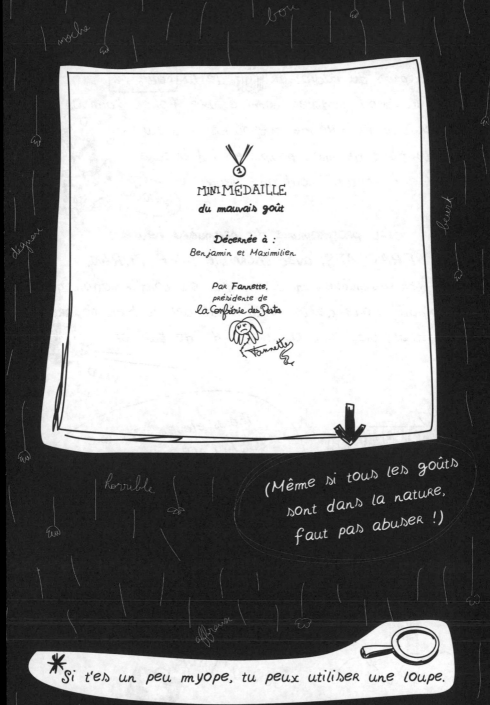

Une fois arrivée au collège, j'ai couru me mettre au chaud près du radiateur  de la salle 72 .

J'ai eu beau pédaler comme une folle, j'aurais pu élever une famille de pingouins miniatures sur le bord de mes paupières inférieures tellement j'avais froid aux yeux.

Ça caille

Au programme de première heure :
FRANÇAIS, avec l'horrible MME TURAN.

Dès les premières minutes, j'ai eu confirmation que la bonne étoile de la veille était bel et bien repartie très, très, très loin. Au tréfonds de l'univers.

Adieu

Chers élèves, j'ai une EXCELLENTE NOUVELLE. La majorité des professeurs de l'établissement étant en formation, **nous allons passer toute la semaine ENSEMBLE.**

AAAHHH !
État d'Urgence !

Ce n'est pas souvent que toute la classe est d'accord sur quelque chose, mais là, **TYRAN** a fait l'unanimité.

Une semaine entière avec elle =

MALHEEEEEUR COSMIQUE !

Si vous ne connaissez pas cette folle de Mme Turan, vous ne pouvez pas vous rendre compte. C'est la **PIRE** des créatures qui soit. Cerbère, le chien à trois têtes, gardien des Enfers dans la mythologie grecque, est un Bisounours à côté.

Même Voldemort, le seigneur des ténèbres dans Harry Potter, ne fait pas le poids. RRRh

C'EST UN VRAI CAUCHEMAR !!!

Groaar

Personnellement, je préférerais des heures de torture à base de fromage fondu dans les cheveux ou de tête-à-tête avec Kevin Vanier ————, qu'une semaine en salle 72 avec elle.

Debout !
Assis !
Vous allez parler !?
72
Non !
Aïe !
Arrêtez !

MME MARTINETTI, la principale, devrait être punie d'années de prison ou bien donnée à manger aux requins pour nous infliger ça.

Alors que Tyran faisait un cours de grammmaire infini, et soporifique sur les propositions subordonnées relatives et conjonctives (si quelqu'un peut m'expliquer l'utilité de ce truc, je suis preneuse !), un souvenir m'est revenu en mémoire.

Quelques mois après son installation dans sa maison de retraite, ♥ PÉPÉ GASTON ♥ avait lancé UNE PÉTITION contre la langue de bœuf qu'on leur servait au déjeuner chaque dimanche. Tous les pensionnaires avaient signé et ils avaient obtenu gain de cause.

Depuis, le dimanche midi, au Clos des Sirènes, c'est poulet rôti.

PÉTITION
Contre la langue de bœuf
sauce "pas bon".

youpi !

BIO

C'est vrai que la place d'une langue de bœuf, c'est dans la bouche d'un bœuf plutôt que dans une assiette, non ?

pas touche

Ça m'a donné une idée.

J'ai attendu que **TYRAN** s'absente de la classe. Elle avait rendez-vous pour le conseil de discipline de Franklin Blois, le troisième qui s'était déjà fait renvoyer de trois collèges. Faut le faire...

Je me suis mise DEBOUT sur ma chaise et j'ai proposé qu'on rédige une PÉTITION contre cette décision "barbare" de nous confier à **TYRAN** une semaine complète.

Pour convaincre tout le monde, j'ai raconté l'histoire de PÉPÉ et de la langue de bœuf, et j'ai ajouté que si une pétition ne suffisait pas, on pourrait aussi organiser UNE MANIFESTATION dans les couloirs de Jules Ferry.

TURAN TYRAN

On nous prend pour des Robots !

En lutte !

NON À L'OPPRESSION !

Je vous ai compris !

"La pétition"
Fannette Barton 2015
Feutre sur papier

À part <u>Alexis</u>, <u>Marilyn</u>, <u>Solène</u> et <u>Vladimir</u> (qui n'osent jamais dire ce qu'ils pensent), *TOUTE LA CLASSE* était partante pour la première pétition de toute l'histoire du collège Jules Ferry.

yessss!

✳ Blaise a proposé qu'on liste tous les dégâts qu'une semaine enfermés avec **TYRAN** pourrait générer sur nos âmes sensibles et pures. **-16**

J'ai trouvé qu'il abusait un peu avec « *sensibles et pures* », mais c'était une bonne idée. On s'est répartis en trois groupes et, après une demi-heure, on avait déjà une belle liste.

Ensuite, on a procédé à un genre de minicasting pour savoir QUI rédigerait la pétition.

Les trop nuls en orthographe, comme Blaise, et ceux qui ont une écriture trop moche, comme Chloé, ont été éliminés d'office.

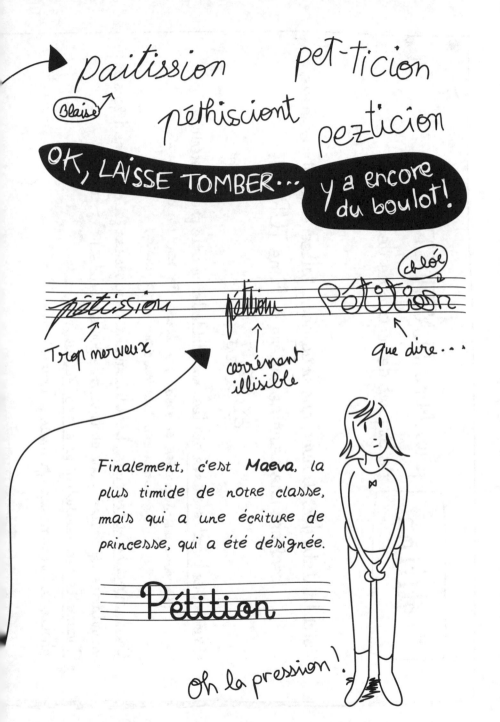

Pétition

pour Mme MARTINETTI.
de la part de la classe de 5e3

Voici la liste des risques que vous nous faites encourir en nous confiant une semaine entière à Mme TURAN.

❀ ❀ ❀

• Verres de lunettes brisés par les cris stridents de cette prof hystérique.
  (Proposé par Sébastien et validé par Linda. Ce sont les deux seuls à porter des lunettes dans notre classe.)

• Cauchemars toutes les nuits. Donc insomnies, donc grosse fatigue, donc défenses immunitaires affaiblies, donc attrapage de virus mortels !

• Traumatismes psychologiques irréversibles :
  - phobie de la grammaire française. Incurable !

- peur à vie des gens qui ont des verrues poilues sur le menton. * (Comme **TYRAN**)
- Ongles rongés jusqu'au sang et, parfois même, jusqu'à l'os : risque d'infection. puis d'amputation des 10 doigts.

• Préjudices cérébraux graves. Quand Mme Turan s'énerve (et elle s'énerve tout le temps.), elle attrape chaud et ouvre toutes les fenêtres de sa salle en grand. En cette période hivernale, le froid paralyse les neurones des élèves. et nuit au bon développement de leur cerveau en pleine croissance.

Nous demandons donc l'annulation immédiate. pure et simple de cette décision criminelle !

William

Chloé   Blaise   Benjamin   Sebasti   Lola   Tounette

Marguerite   Jonas   Kevin   Maeva   Charly

linda   Maximilien

Mais, quand le sort s'acharne, il s'acharne POUR DE VRAI, et rien ne s'est vraiment déroulé comme prévu.

⚠ attention **MÉGA**-souci !

Pendant la récréation de 15 h, personne ne sait comment ni pourquoi, **TYRAN** est **tombée sur la pétition**, pourtant cachée sous le classeur de Maeva.

objet du délit

(Encore une sans-gêne qui fouille dans les affaires des autres !)

À notre retour en classe, elle nous attendait avec un air encore plus sévère que d'habitude. Je vous jure que c'est possible !

Si elle avait eu des fusils à la place des yeux, on serait tous morts.

La chasse est ouverte !

Elle a brandi bien haut la pétition en poussant un genre de grognement qui ressemblait plus à un barrissement de rhinocéros qu'à un bruit humain. Puis, en désignant Maeva, elle a hurlé :

TU VAS VENIR ICI IMMÉDIATEMENT, MA PETITE, SINON C'EST MOI QUI VIENS TE CHERCHER !

Maeva était tellement terrorisée qu'elle est devenue aussi blanche et immobile qu'une statue de plâtre.

Si on l'avait mise au Louvre sur un socle à côté de la Vénus de Milo, personne n'aurait remarqué que c'était une vraie personne, vivante.

Dans la classe, on entendait une mouche voler (ce n'est pas une façon de parler : il y avait vraiment un mouche qui volait et qui faisait un tel bruit qu'on aurait dit un mini hélico).

Bzzzzzz

Puis, **TYRAN** a encore grogné comme un rhino Groa et, avant qu'elle ne lance son Bescherelle sur Maeva, je me suis levée pour crier :

C'ÉTAIT MON IDÉE, MADAME.
Pas la peine de vous acharner sur Maeva.

wouhaouh !

Ça fait un peu HÉROÏNE DE FILM de se dénoncer comme ça sur un coup de tête, NON ?

Sauf que, dans les films, les héroïnes ne sont pas **au bord de l'évanouissement à cause de la peur !** Moi, j'avais les jambes qui tremblaient comme des feuilles et des picotements plein la langue (la dernière fois que j'avais eu des picotements pareils, c'était juste avant de m'évanouir en accompagnant Linda faire un tour de grande roue, alors que j'ai le vertige).

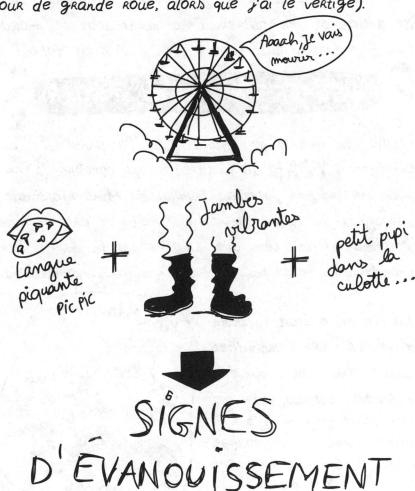

Aaaah, je vais mourir...

Langue piquante PIC PIC

+

Jambes vibrantes

+

petit pipi dans la culotte...

SIGNES D'ÉVANOUISSEMENT

Charly s'est levé aussi.

On est tous responsables de cette pétition, madame !

Merci, mon charlyto !

Puis **Linda** s'est levée, puis **Lola, Vladimir, Yûji, Sébastien et les autres.** Finalement tout le monde (sauf les trois plus fayots bien sûr) était debout.

C'ÉTAIT TRÈS BEAU À VOIR.

Malheureusement, ce grand élan fraternel n'a pas empêché **TYRAN** de m'attraper par l'oreille 𝅘 Aïe pour me traîner jusqu'au bureau de Mme Martinetti. J'ai cru qu'elle allait m'arracher l'oreille et, une seconde, j'ai imaginé ma tête avec une oreille en moins. Bah, franchement, je ne suis pas sûre que ça m'aille très bien

La directrice était en train d'arroser ses orchidées quand on est arrivées dans son bureau. (Elle est fan d'orchidées et il paraît qu'elle vient au collège même le dimanche pour les arroser et leur parler.)

Mes chéries, me voilà...

Vous m'avez manqué depuis hier...

1000 ans

168

TYRAN a posé la pétition sur son bureau et, même si Martinetti a pris un air vraiment sévère, j'ai bien vu qu'elle avait souri en lisant nos revendications. À mon avis, si elle avait été en 5e3, elle aurait signé aussi.

hihi

Quoi qu'il en soit, le résultat a été catastrophique : chaque élève dont la signature figurait au bas de la pétition a écopé de (deux heures de colle,) et, surtout, la semaine en enfer avec Tyran a été MAINTENUE.

pas juste !

La DÉMOCRATIE dans les collèges, c'est quand même pas super au point.

Laisse tomber...

Créer THE prof idéal en

Le prof idéal n'existe pas. Mais, comme tout ce qui n'existe pas, rien ne nous empêche de L'INVENTER.

Occupation géniale pour cours ennuyeux ou heures de colle.

MUSCLES DE
M. SEVRAN
(SPORTS)

Impressionnant !

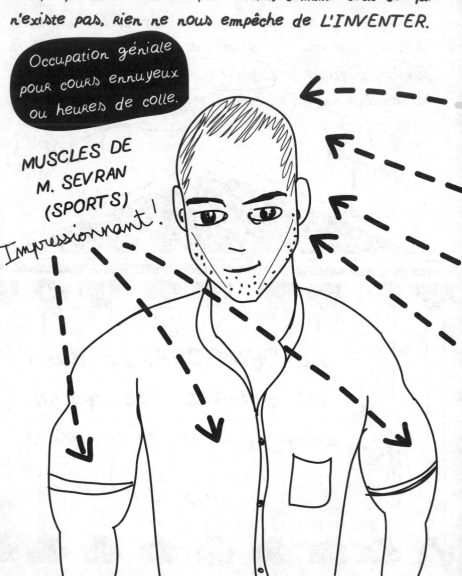

faisant une composition, façon Monsieur Patate

En assemblant des morceaux de différents profs que tu connais - un peu comme si tu jouais à Monsieur Patate - façonne le prof idéal tel que tu l'imagines.

COIFFURE DE M. FERRONET (MATHS)
(c'est trop la classe d'être chauve, ça fait rock)

CERVEAU DE MME CHEVREUIL
(j'espère qu'il sera indemne suite à son accouchement)

LE REGARD DE THÉO !

VISAGE DE M. JEUNET (prof d'arts plastiques, trop mignon)

(Vous remarquerez qu'il n'y a **AUCUN MORCEAU DE MME TURAN**, même pas un petit.)

Selon le même principe, vous pouvez aussi créer
LE PROF LE PLUS HORRIBLE DU MONDE.

Tête-corps de
Monsieur Patate

CHEVEUX GOMINÉS DE
M. SEVRAN (SPORTS)
(on se demande s'il n'utilise pas
du beurre à la place du gel !)

DENTS DE MLLE LUMET
(bagues avec des trucs dedans)

+ HALEINE DE
CIGARETTE DU CPE,
M. BOUCHARD

Tout le reste
de Turan !

PIEDS DE M. CHASSAGNE
(au moins du 70 !)
géant

QUI VEUT UNE PETITE SŒUR ?

JE DONNE LA MIENNE !

gratos

son œuvre →

CECI EST MON ZOURNAL !

alors, pas touche

Je n'ai pas écrit dans mon journal depuis des semaines. Et pour cause :

il avait DISPARU !

AVIS DE RECHERCHE

$ 1 000 000 000

J'ai eu beau chercher PARTOUT - même derrière la cuvette des toilettes parce qu'il m'arrive d'écrire enfermée dans le seul lieu au monde où l'on est sûr de ne pas être dérangé -, IMPOSSIBLE de mettre la main dessus.

Ça c'est mes chewing-gums

Volatilisé !

J'ai cru que j'allais mourir de déprime.

Alors que je m'apprêtais à en commencer un nouveau, j'ai découvert hier que c'était Eva qui l'avait utilisé pour caler son lit bancal. Pas gênée, celle-là !

Bah oui mais c'était zuste la bonne hauteur, et puis ZE SAVAIS PAS que c'était ton zournal ! gnia gnia gnia

Merci → Eva

Chieuse à temps complet !

Je ne savais pas qu'il était conseillé d'écrire « CECI N'EST PAS UNE CALE » sur son journal intime !

⚠️ Ceci n'est pas une cale. ALORS FAIS GAFFE

Pour me venger, j'ai caché le doudou d'Eva dans le bac à légumes du frigo ❄ , sous un gros tas d'endives et de poivrons.

Doudou en manque de sucre

OUPS
ZE SAVAIS PAS que c'était un doudou, ze croyais que c'était un _fenouil_ transzénique !

GRRR

Ma soeur a pleurniché pendant deux jours, jusqu'à ce que ma mère nous fasse **son** horrible **gratin d'endives au jambon** et le retrouve. Évidemment, j'ai été punie et privée de dîner. (Mais, franchement, tant mieux puisque au menu, c'était justement son horrible gratin d'endives, amer et dégoûtant.)

Argh

Bien joué, Fannette

Il s'est pourtant passé un tas de choses, ces derniers temps.

Quelle vie trépidante

✷ Déjà, LA SEMAINE AVEC MME TURAN s'est finalement bien passée. Vous n'allez pas me croire, mais le lendemain du jour de la pétition, elle a glissé sur une plaque de verglas et s'est cassé une jambe ! On ne l'a plus revue pendant au moins trois semaines.

yessss!

I ♡ COD

C'est M. Jeunet, le prof de dessin, trop mignon et plutôt sympa, qui nous a récupérés. Échanger la grammmaire et l'orthographe contre les arts plastiques, c'est un peu comme troquer le gratin d'endives de maman contre un hot-dog frites. On a gagné au change, Y A PAS PHOTO !

XXL

MIAM MIAM

Une tortue selon Eva. N'importe quoi

Au Clos des Sirènes, L'HISTOIRE DES ÉTIQUETTES  dans l'ascenseur est remontée jusqu'aux oreilles du journaliste de la gazette de la ville, et s'est retrouvée dans la rubrique Faits divers sous le titre :

La gazette en fête

Un CORBEAU RIGOLO CHEZ LES SIRÈNES

Bravo PÉPÉ GASTON, on parle de toi dans le journal !

TROP fière...

Mme Crispine a fait une crise en voyant que ça faisait vraiment rire tout le monde sauf elle. Et comme elle n'a jamais réussi à trouver l'auteur de cette farce, **elle a sanctionné TOUT LE MONDE en supprimant pendant un mois son activité scrapbooking** (le scrapbooking est sa passion ; elle a même l'intention d'écrire un livre là-dessus).

et alors

SCRAP EN FOLIE

✳ **Autre événement important :**
Samedi dernier, J'AI CROISÉ **THÉO** ♥♥♥ AU BRAS
D'UNE FILLE SUBLIME. Vous imaginez Miss France ?
Bah, encore plus canon ! Ils rigolaient comme des
fous, apparemment très complices.

J'étais sur mon vélo, et cette vision d'horreur m'a fait
perdre le contrôle et me ramasser **le plus beau gadin
de toute ma vie.** Depuis, j'ai un trou énorme dans
mon jean tout neuf et la roue avant de mon vélo est
complètement voilée. Je me suis fait disputer PAR MA
MÈRE à cause du trou et PAR MON PÈRE à cause
du vélo (il est persuadé que j'ai fait exprès pour ne
plus aller au collège en vélo quand il fait froid).

Vas-y la confiance !

Marre des PARENTS.

Et sinon, mon bleu GROS comme un melon sur le genou, ça intéresse quelqu'un ?

ça fait un mal de chien...

CRAC

Et mon coeur brisé en un milliard de morceaux ?

THÉO ♥ a une copine et, en plus, c'est AU MOINS LA PLUS BELLE FILLE DU MONDE !

Seule au monde 👎

Quand il a vu ma tête, le lundi, **Charly** n'a pas su quoi me dire, à part que je devais manquer de "vitamines". **Blaise** a confirmé en ajoutant que je ressemblais à son poisson rouge ❧ quand il ne lui avait pas changé l'eau depuis un mois. Pas sûre que ce soit un compliment.

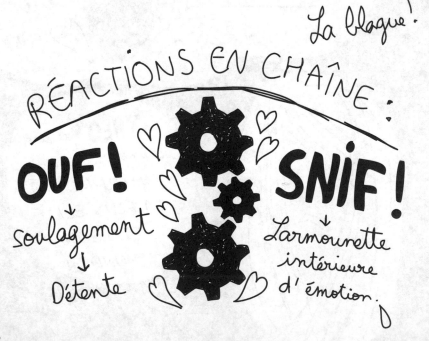

La comparaison
qui fait trop
plaisir ...

Heureusement, Linda a appris par Vincent que la sublime créature au bras de **THÉO** ♥ n'était pas du tout sa copine, MAIS SA SŒUR JUMELLE.

La blague !

RÉACTIONS EN CHAÎNE :

OUF! ♡ ♡ SNIF!

→ soulagement

Larmourette
intérieure
d'émotion.

→ Détente

Depuis, j'ai revu Théo 28 fois dans mes rêves. En prince charmant, en batteur de Ed Sheeran, en vendeur de chichis sur une plage, en éleveur d'autruches, en pilote de montgolfière et même en fakir.

Oui, je sais, mon cerveau s'éclate pendant la nuit !

Envie d'embrasser tout le monde

aaaaaaaaaaah! Euphorie Bonheur

J'aime la vie !

Malheureusement, je ne l'ai croisé QU'UNE SEULE FOIS en vrai. (C'est déjà pas mal.)

C'était au Clos des Sirènes, où je venais faire une partie d'échecs avec **PÉPÉ GASTON**. Lui apportait, **en urgence**, une bombe de laque pour cheveux à sa mamie. Apparemment, malgré ses 80 ans, sa mamie Linette est restée super coquette et refuse de sortir de sa chambre si elle n'est pas impeccablement maquillée et coiffée. Une simple panne de laque, avec elle, peut entraîner un scénario catastrophe.

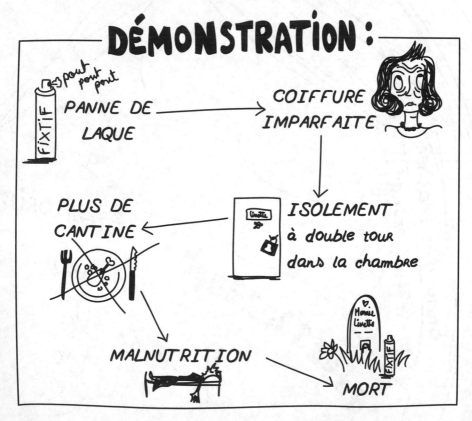

DÉMONSTRATION :

PANNE DE LAQUE → COIFFURE IMPARFAITE

ISOLEMENT à double tour dans la chambre

PLUS DE CANTINE

MALNUTRITION

MORT

Cette fois-ci **THÉO** ♥ n'avait pas beaucoup de temps : il répétait avec son groupe juste après. Mais on s'est promis que, la prochaine fois, on organiserait une RENCONTRE. Ce serait trop cool que pépé Gaston et mamie Linette deviennent potes !

PÉPÉ GASTON

+

❀ MAMIE LINETTE ❀

= Amitié hum hum

RÊVE ULTRA-SECRET :
pépé Gaston épouse mamie Linette, et nous prennent, Théo et moi, comme témoins.

Bah quoi, on peut rêver.

Mais le plus important dans tout ça, c'est que j'ai appris que l'été prochain,

les **DEEP DUSTY**

tourneront leur PREMIER CLIP.
Et ils auront besoin de quatre filles pour jouer dedans.

Je vais TOUT faire

POUR en être !!!!

(Même s'il faut dégommer quelques concurrentes au passage.)

COUP de THÉÂTRE

UN ATELIER THÉÂTRE AU COLLÈGE !

Mme Martinetti, notre principale, nous a annoncé
la nouvelle avant-hier en passant dans les classes.

Un cours de théâtre accueillera
ceux qui le souhaitent les jeudis
midi, après la cantine.
ATTENTION : les places sont
limitées, n'attendez pas
pour vous inscrire.

Comme d'habitude, Martinetti portait son affreux gilet bleu
à boutons dorés. Deux solutions : soit elle en a 23 identiques
dans sa penderie, soit elle ne se change jamais, et, dans
ce cas, je propose de s'unir pour barricader la porte de
son bureau avec des tables et des chaises pour l'empêcher
de sortir tant qu'elle n'aura pas brûlé son affreux gilet.
C'est vrai, quoi : L'HYGIÈNE, C'EST LA BASE !

Pour une fois, je trouve que son idée 💡 est bonne, et je suis surprise qu'elle nous propose enfin une activité ~EXCITANTÉ. Il y a trois semaines, elle a mis en place **des cours de couture, animés par Mlle Ricard,** la grand-mère d'Eléonore.

Une fille de sixième qui porte des serre-tête en velours, des chaussettes jusqu'aux genoux avec ses jupes et une collection de galops d'équitation épinglés sur sa doudoune - alors que <u>tout le monde sait qu'elle n'est JAMAIS montée sur un poney.</u>

Hue dada !!

Lola et Marguerite, deux filles de ma classe, s'y sont inscrites, persuadées qu'elles allaient **y apprendre à se fabriquer des fringues.**

COOL

Le pantalon
Janis Joplin

Le top
Scarlett

Le cache-cœur
Angelina

Mais, GROSSE DÉCEPTION ↓↓↓↓↓, elles ont dû
confectionner **un protège-carnet de santé en tissu de
nappe à carreaux.**

? QUI utilise des
trucs pareils, au
XXIe siècle, à
notre âge ?

→ à part l'offrir à
quelqu'un à qui on
veut du mal, je ne
vois pas ce qu'on
peut en faire.

TENEZ
Mme TURAN
UN CADEAU !

C'est pas très écolo
de gâcher du tissu,
les filles !

Moi, j'avais flairé le PLAN NUL, et, entre vous et
moi, la couture, à part pour faire un **collier de fleurs**
ou **coudre le bas des jambes des pantalons** d'Eva
quand elle m'énerve (trop drôle au moment où elle
essaie de l'enfiler !), ça ne m'a jamais tentée.

Mais euh...

hihihi ☺

Mais
JOUER LA COMÉDIE,
ça, ça me connaît !
Hello
Être ou ne pas être, telle est la question...

Je sais très bien faire semblant de plein de choses (sauf d'être contente quand je ne le suis pas, ou d'aimer quelqu'un que je déteste, évidemment).

Et je mens comme une CHEF !

chef

Demandez à mon père...

Il y a deux ans, en NORMANDIE, il a failli me tuer parce que je lui avais fait croire que son ordinateur portable (avec tous ses dossiers professionnels dedans) était tombé dans la fosse à fumier de la ferme d'à côté. Il y a tellement cru que, dans l'espoir de le récupérer, il a sauté dans le tas de bouse à pieds joints avec sa paire de nouvelles chaussures à 140 €.

PLOUF

SOLDÉES
pour cause
d'odeur

Grosses barres de rire !
HA HA

VENDA
CONFIDENTIEL

En fait, son ordi était resté sur l'accoudoir d'un fauteuil, comme d'hab.

La punition a été à la hauteur du mensonge (chez nous, on est imaginatifs de père en fille !) : j'ai été OBLIGÉE de dormir pendant une semaine avec ses chaussures pleines de bouse au pied de mon lit.

J'ai aussi expérimenté mes talents de menteuse À L'ÉCOLE, BIEN SÛR.

Madame, ma petite sœur a pris mon devoir d'anglais pour un coloriage. Si vous me mettez zéro, je comprendrai très bien, avec tous les mensonges que vous devez entendre...

Ouh, la menteuse...

Quelques larmes de désespoir qui coulent sur la joue, et c'est dans la poche ! (Avec une petite morve qui s'échappe du nez, ça marche encore mieux.)

Non, je n'étais pas au courant qu'on avait jeté des petits-suisses contre le mur de la cantine. Et franchement, je trouve ça complètement IRRESPONSABLE de jouer avec la nourriture !

En faisant les yeux tout ronds (comme dans les mangas quand les personnages sont ultra-méga-surpris), n'importe qui tombe dans le panneau.

Et enfin, MA DERNIÈRE GRANDE FIERTÉ :
un pur mensonge qui dure depuis deux mois.

EXPLOIT !

Ma cible : MARILYN

Elle passe son temps à se vanter, en particulier de porter le même prénom que l'actrice américaine la plus glamour de tous les temps. 💋 poupoupidou ♪♫♪

Pour clouer le bec de cette frimeuse, je lui ai fait croire que **Robert Pattinson**, l'acteur de Twilight, est l'un de mes cousins. Depuis, elle répète même à tout le monde qu'il m'envoie des mails et qu'il m'a invitée en vacances dans sa villa de Beverly Hills.

Robert, je t'épouse quand tu veux.

Ha, ha, je suis trop forte !

Si j'étais aussi prétentieuse que Marilyn, je me décernerais **la Médaille de la Meilleure Menteuse de France**, tiens.

Mais, j'y pense... je fais ce que je veux, non ? C'est moi qui décerne les médailles, après tout !

1

MÉDAILLE
de la Meilleure
Menteuse ~~de France~~ du monde

(Catégorie moins de 15 ans)

Décernée à : **FANNETTE**

Non, je ne m'autopistonne pas !

Par **elle-même**, présidente de la Confrérie des Pestes

Fannette

Je mens donc comme une championne  (mais uniquement quand c'est nécessaire, car je peux aussi être sage comme une image... PARFOIS), c'est pourquoi je suis sûre que je serais une excellente actrice.

Le comédien n'est-il pas le plus grand professionnel du mensonge qui soit ?

Le fils de notre ancienne voisine de palier était comédien. Il a réussi à être parfaitement crédible dans dix personnages complètement différents :

Vendeur d'aspirateurs dans un film

Sorcier aux pouvoirs maléfiques

Serviteur débile

Réparateur de bateaux

Louis XIV au théâtre

Et même en sanglier dans un spectacle musical pour enfants.

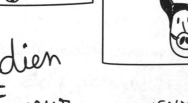

Comédien = arnaqueur

✷ MENSONGE d'une nuit d'été

Bref, l'idée de jouer la comédie sur une scène plutôt que dans la vie, pour une fois, me tentait bien (parce que faire semblant d'avoir la cheville en vrac pour être dispensée d'endurance, ou d'avoir une allergie aux yeux 👁 pour ne pas devoir lire mon exposé devant toute la classe, j'ai donné). Et comme, en plus, il pleut non-stop, en ce moment, JE ME SUIS INSCRITE.

Merci les giboulées de mars !

Dans ce collège tenu par des BARBARES, même s'il pleut des seaux, on est obligés de rester dans la cour, le midi, jusqu'à la reprise des cours.

S.O.S. FANNETTE TREMPÉE EN DÉTRESSE !

Une heure de théâtre au chaud CONTRE une heure à se faire arroser dehors ? Le choix est vite fait ! Si en plus, ça peut me permettre de décrocher un rôle dans le clip des **DEEP DUSTY** ...

Astuces pour ne pas se pendant les récrés quand il

| Niveaux de difficulté : | V   VV   VVV |
| Niveaux de risque : | !   !!   !!! |

1. RESTER EN CLASSE AVEC LE PROF DE VOTRE DERNIÈRE HEURE, ET LUI POSER MILLE QUESTIONS SUR LE COURS. **V !**

J'ai expérimenté cette technique avec M. Chassagne, mon prof d'histoire-géo. Il n'a toujours pas compris pourquoi j'étais soudain fascinée par la vie des nobles au Moyen Âge.

2. PRENDRE EN OTAGE UN PROF DANS SA CLASSE, ET LE RELÂCHER À LA FIN DE LA RÉCRÉ. **VVV !!!**

Précautions : n'omettez pas de porter un masque (type Hulk ou Buzz l'Éclair) et choisissez un prof qui ne vous connaît pas. (Sans quoi, il risquerait d'identifier votre voix, et de vous coller un conseil de discipline illico.)

3. ENDOMMAGER LE VERROU DE LA PORTE DES TOILETTES AFIN DE RESTER BLOQUÉ À L'INTÉRIEUR.

Prévoyez un pique-nique (au cas où personne ne vous retrouve avant le lendemain).

VV !

CHIPS POP

rendre dans la cour
pleut ou qu'il fait trop froid

4 SE FAIRE ADMETTRE EN URGENCE+
À L'INFIRMERIE DU COLLÈGE. (VV !!)

Vous pouvez prétexter, par exemple :

Un violent
mal de ventre
AÏE

Une rage
de dents

Une envie de
vomir le hachis
parmentier de la
veille

Une suspicion de
chikungunya, suite à une
piqûre de moustique (mais
il faut avoir une piqûre
de moustique à montrer).
PIC

5 NE VENIR À
L'ÉCOLE QUE L'ÉTÉ. (V !!!)

Parfois, les solutions les plus extrêmes sont les plus
efficaces. Mais attention : GROS, GROS RISQUES !
- Risque de se faire virer de l'école à tout jamais. (Et
là, vous êtes mal, car vous ne saurez sans doute toujours
pas faire une multiplication à 22 ans.) 2×6=?
- Risque d'être abandonné dans la forêt (comme le Petit
Poucet) par vos parents qui n'en peuvent plus de vous.

À vos risques et périls !

SUPER POUVOIR MANIA

DAMIEN, le prof de théâtre (petite ressemblance avec Gérard Depardieu, dommage !) a l'air plutôt **FUN**. Il porte des **dreadlocks** et un genre de **sarouel rayé bleu et blanc** (à moins que ce ne soit un pantalon emprunté à Obélix). hihi

C'est le mag que je crois

Rigolo

Dès qu'on est entrés dans la SALLE 3, celle du fond du couloir, il a tout fait pour nous mettre à l'aise :

C'est marrant, vous êtes 11. Si je ne réussis à rien tirer de vous sur une scène, on pourra toujours faire un FOOT.

Moi j'ai ri, car j'adore ce genre d'humour. Mais Solène Bacri, elle, n'a pas trouvé ça drôle. Surtout quand Jonas s'est mis à raconter la fois où M. Sevran l'avait obligée à faire la pom-pom girl sur le bord du terrain de foot pendant toute l'heure de sport, parce qu'elle avait encore oublié ses baskets.

Allez, Solène !

FFFFT

Du coup, **Damien a rigolé** et **Solène s'est vexée.** Elle a attrapé son manteau et quitté la SALLE 3 en courant.

Ah, on n'est plus que 10. C'est foutu pour le foot !

CARTON ROUGE pour Solène Bacri

On a fait les présentations en entrant chacun notre
tour dans UN CERCEAU BLEU (espace de la joie),
puis dans un CERCEAU ROUGE (espace de la colère).

Karim, un 5e1, a trouvé que *je faisais beaucoup mieux* **la COLÈRE que la JOIE** : « Ses sourcils prennent la forme de petits éclairs ! C'est OUF, comme on y croit trop ! »  Eh, c'est de l'entraînement !

Et Maeva s'est mise à pleurer à peine un pied posé dans le cerceau de la **JOIE**.

ouiiin...

pas très joyeux Maeva !

Benjamin, notre kéké de service (je ne supporte pas ces types qui se croient toujours drôles même quand ils sont lourds !) n'a pas pu s'empêcher de dire :

Maeva, tu nous prépareras un *EXPOSÉ SUR LA JOIE* pour la semaine prochaine !

puis d'éclater de rire comme un teubé.

La réalité, c'est que **Maeva est SUPER-MÉGA-TIMIDE**. Tu la regardes à peine et elle rougit jusqu'aux oreilles. Tu lui adresses la parole, et c'est limite s'il ne faut pas appeler les pompiers. Ça doit être horrible d'être comme ça ! Je préférerais encore avoir une jambe de bois ou un oeil de verre que d'être timide à ce point.

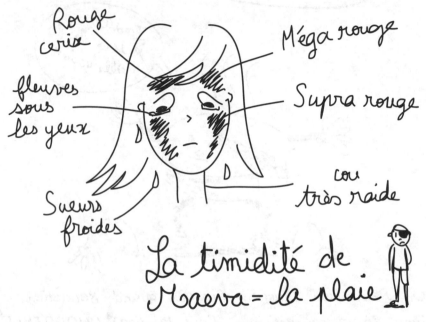

Rouge cerise

Méga rouge

fleuves sous les yeux

Supra rouge

Sueurs froides

cou très raide

La timidité de Maeva = la plaie

Damien a fait les gros yeux à Benjamin et a pris Maeva à part. Elle lui a expliqué que c'était sa psy qui lui avait suggéré de s'inscrire à des cours de théâtre pour **PRENDRE CONFIANCE EN ELLE**. Elle a pleuré encore un peu, puis Damien lui a demandé de refaire l'exercice mais, cette fois, en chuchotant.
Et tout s'est bien passé. C'est cool pour elle.

Après, on a fait un exercice de mime sur les choses qu'on aime et celles qu'on n'aime pas.

On s'est bien marrés. Surtout quand Sébastien a imité (à la perfection, il faut le dire) *L'HORRIBLE MME TURAN.* Ses verrues

Puis le prof a demandé : «Est-ce qu'il y a des choses particulières sur lesquelles vous auriez envie de travailler dans ce cours de théâtre ?»
Vladimir s'est élancé vers lui, comme s'il allait lui sauter au cou.

LES SUPER-HÉROS

MOI JE VEUX JOUER UN SUPER-HÉROS !

S'TE PLAÎT DAMIEN !

S'TE PLAÎT !

S'TE PLAÎT !

S'TE PLAÎT ! S'TE PLAÎT !

S'TE PLAÎT !

S'TE PLAÎT !

S'TE PLAÎT !

S'TE PLAÎT !

Vladimir

(il a dû se déchirer une corde vocale, tellement il a hurlé !)

Tout le monde l'a regardé en biais. Moi, si j'avais eu un lance-pierres, je l'aurais dégommé à coup de tomates pourries. Splash

LES SUPER-HÉROS ?!

Pourquoi pas Dora l'exploratrice ou les Lapins Crétins, pendant qu'on y est !

Oké !

Salut les bébés !

Certains n'ont pas compris que l'école primaire est

→ TER-MI-NÉE. finish

Finito   Fertig

Terminado

En devenant collégien, **on passe du statut d'ENFANT à celui d'ADO**, et ce changement de statut implique un minimum de MATURITÉ. Vladimir, avec ses deux ans d'avance et ses tee-shirts « I love Pikachu », n'a pas l'air d'en avoir pris totalement conscience. C'est vrai, quoi, y a pas que les super-héros dans la vie !

FRAISE

— de 8 ans

Encore mignon

I ♥ PIKACHU

8 - 11 ans

Âge qui craint
↳ Vladimir

Je suis comme je suis

+ de 11 ans

Métamorphose
↓
Maturité XXL
↳ MOI

HEUREUSEMENT, le prof ne semblait pas emballé non plus par Spider-Man et sa clique. Il a réussi à détourner le sujet sans vexer Vladimir.

Adios

OK.

Alors, vous allez partir de l'un de vos traits de caractère, et développer un *SUPER-HÉROS* à partir de ce trait de caractère.

EXEMPLE : une personne particulièrement drôle pourrait devenir un super-héros nommé SUPERDRÔLEMAN ou DRÔLATOR, avec le superpouvoir de faire rire toutes les personnes à qui il adresse la parole.

OK les jeunes ?

J'aimerais trop m'asseoir comme ça en cours ! Trop la classe.

Au départ, j'ai CRU qu'on participait à une psychothérapie de groupe. Mais Damien a PRÉCISÉ qu'il fallait :

« ÊTRE CAPABLE D'UTILISER QUI ON EST VRAIMENT POUR POUVOIR JOUER LA COMÉDIE ».

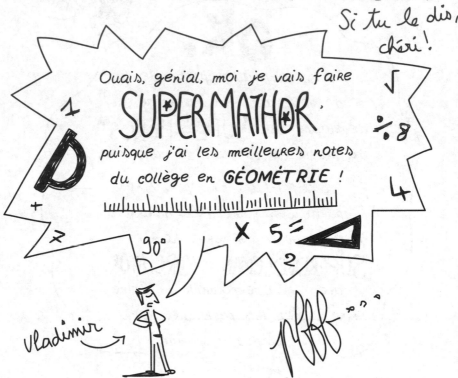

Si tu le dis, chéri !

Ouais, génial, moi je vais faire SUPERMATHOR, puisque j'ai les meilleures notes du collège en GÉOMÉTRIE !

Vladimir

(Il saute sur la moindre occasion de se faire mousser, celui-là. Ça ne m'étonne pas que Jonas passe son temps à lui lancer des boulettes de papier mâché.) Il pourrait choisir plutôt superescrimeur, ça lui rappellerait la photo de classe ! (Mémorable photo de classe où Vladimir s'est retrouvé en tenue d'escrimeur et, moi, en polaire à losanges violets et orange !)

Du coup Marilyn a renchéri :

Moi, je pourrais être

SUPERCANON!

Vu que les garçons m'ont élue **la plus BELLE des cinquièmes.** Mon superpouvoir, ce serait de transformer tous les moches en beaux. BONNE IDÉE, NON ?

J'hallucine la prétention !

Ah ouais ? Et si t'enlevais le **A** et le premier **N** de ton nom, SUPERCANON, on serait déjà plus proche de la réalité ! ***** proche de la Ha ha ha !

* T'as compris ? SUPERCANON moins le A et le premier N, ça fait SUPERCON. Trop fort, non ? (Et si tu savais comme ça lui va trop bien !)

Le prof a dû penser exactement comme moi, parce que j'ai vu une lueur de PANIQUE pointer dans ses yeux. PIN PON

Il a bu une demi-bouteille d'eau, CUL SEC (sûrement pour se donner du courage), et a dit :

O' CALM

Et glou, et glou...

Voici ce qu'on va faire : je vous laisse réfléchir jusqu'à la semaine prochaine. Mais essayez d'être au plus près de QUI VOUS ÊTES VRAIMENT pour créer votre personnage. Je vous conseille de demander à l'un de vos proches LE MOT qui vous définirait le mieux, et de construire votre super-héros à partir de ce mot. Ensuite nous improviserons des saynètes en confrontant vos *SUPER-HÉROS*.

C'est balaise le théâtre quand même...

J'avoue qu'au départ, j'ai trouvé ça franchement **CHELOU** comme exercice. Après y avoir réfléchi un instant, pourtant, je me suis dit que, tout compte fait, **ça pourrait être très instructif...**

Connais-toi toi-même, etc, etc.

La première idée qui m'est venue à l'esprit, vous vous en doutez, a été d'incarner :

SUPERPESTOGIRL

Mais j'ai aussitôt pris conscience que ça aurait MIS EN PÉRIL la nature confidentielle de notre confrérie, alors j'ai demandé à **MON PÈRE** s'il avait un ADJECTIF en tête pour me qualifier.

PÉNIBLE

Merci papounet, toujours aussi sympa !

Mais un super-héros pénible, ce n'est pas le top. Alors j'ai été voir **EVA**.

Zentille

qu'elle est chou.

Puis **MA MÈRE** :

Tu ne peux pas être définie par un seul et unique MOT, ma chérie. Tu es comme ta mère, il faudrait un dictionnaire entier pour décrire ta personnalité complexe...

Fanette de 4 à 2

BREF, elle a fait un ROMAN, alors que je lui demandais un simple MOT. Ma mère, quoi ! *Toujours à vouloir en faire TROP.*

Vous avez faim, les filles ? J'ai fait quelques gaufres.

J'ai donc envoyé un texto à **CHARLY** - sans doute, avec pépé Gaston, *LA PERSONNE QUI ME CONNAÎT LE MIEUX* - qui n'a pas hésité une seconde avant de répondre :

Lunatique

charly 19h04mn

LUNATIQUE?

Ça veut dire quoi, ça ?
Un rapport avec **la lune**,
ou avec **les tiques** ???!!??

Comme je ne voulais pas avoir l'air **ignorante**, j'ai répondu le plus naturellement du monde (je rappelle que je fais très bien semblant quand c'est nécessaire) :

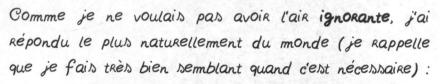

Ah, oui, t'as raison Charly, je suis méga lunatique comme fille.

Moi 19 h 04 mn 21 sec

Puis j'ai foncé sur WIKIPÉDIA.
Je vous préviens tout de suite :
si vous pensez qu'être lunatique
signifie **être dans la lune** (ce qui
serait logique étant donné qu'il y
a le mot lune dans lunatique),
vous avez tout faux !

lunatique

Voilà un mot qui, comme moi, sait très bien mentir.

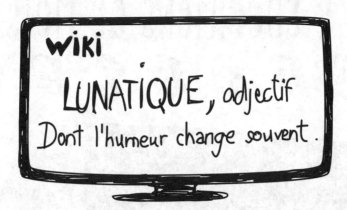

wiki

LUNATIQUE, adjectif
Dont l'humeur change souvent.

La langue française est bourrée de ces mots qui dissimulent leur sens (un peu comme les agents secrets dissimulent leur véritable identité, dans les films d'espionnage).

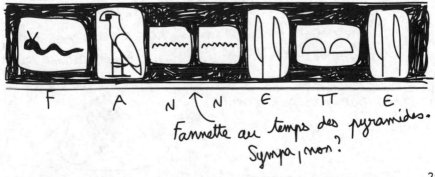

Quelle chienlit, cette langue française ! On aurait dû rester aux HIÉROGLYPHES !

F A N N E T T E

Fannette au temps des pyramides.
Sympa, non ?

Spécimens de mots qui

Franchement, je devrais être philosophe plus tard !

BIG MAC
N'est pas un gros ordinateur.

ENRICHI
Ne signifie pas qu'un certain Henri fait vous savez quoi derrière un buisson.

← LÀ

RELIGIEUSE AU CAFÉ
N'est pas une bonne soeur habillée en marron ou qui sent le capuccino.

BALCON
N'est pas un bal pour cons.

SUSPECT
Bon, je ne vous fais pas de dessin...
(N'oublie pas qu'à l'oral, le C de suspect ne se prononce pas !)

HIPPOCAMPE
N'a rien à voir avec un hippopotame qui fait du camping.

mentent sur leur sens

LES POMPES FUNÈBRES
Ne sont pas des chaussures noires.

RAVIOLI
N'est pas un adjectif qui qualifie une personne contente d'être dans son lit.

Il y a beaucoup d'autres mots menteurs !
Si tu en connais, n'hésite pas à les noter ici.

POUR en revenir à mon trait de caractère principal, je suis assez contente que Charly ait placé **lunatique** avant **chiante** ou **râleuse**, et légèrement vexée qu'il n'ait pas pensé spontanément à GÉNIALE ou EXTRAORDINAIRE.

Mais j'assume.
Je joue le jeu.

Je serai donc

Et mon superpouvoir sera de changer d'humeur aussi souvent que possible et de façon parfaitement IMPRÉVISIBLE.

Joyeuse !

Folle !

Boudeuse !

Furieuse !

Chagrin !

Mystérique !

Sage !

Peste ! Peste ! Peste !

Si, avec un personnage comme ça, je ne décroche pas un Oscar, que je sois transformée en sosie de Kevin Vanier ! Trop le seum !

BONNE PESTOLUTION (N°11)

TOUJOURS
dédramatiser ses défauts !

Un célèbre auteur de pièces de
théâtre qui s'appelle
Sacha Guitry a dit que :

« Jouer la comédie, c'est mentir. »

L'inverse est forcément valable !
Donc « Mentir, c'est jouer la comédie. »
RIEN DE GRAVE, DONC !

LE PIRE et LE MEILLEUR

dans la même journée

Eh oui, c'est possible !

Samedi à **17** heures, il y avait un
CONCERT des **DEEP DUSTY**
dans la cave de Vincent.

GROS ÉVÉNEMENT !

J'avais colorié la page de mon agenda au _surligneur_
jaune fluo pour être sûre de ne pas oublier et j'avais
prévu de passer tout l'après-midi avec Charly et Linda.

COOKIES double chocolat de la mère de Charly

chocolat noir

chocolat blanc

les meilleurs de l'univers

DVD de Divergente

DIVERGENTE

Concours du SELFIE le plus nul

Si j'avais su, ce n'est pas dans MON agenda que j'aurais mis du fluo, mais dans CELUI DE MES PARENTS, où j'aurais écrit

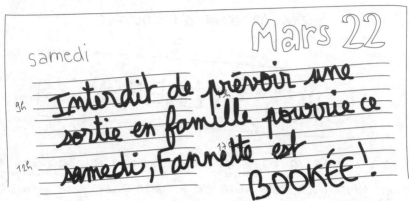

samedi

Mars 22

9h

Interdit de prévoir une sortie en famille pourrie ce samedi, Fannette est BOOKÉE !

12h

Parce que, sans me prévenir, mes chers parents avaient prévu une super activité : **balade en forêt** et **cueillette de champignons** 🍄 en compagnie de leurs nouveaux meilleurs amis : **la famille VANIER !!!!**

Kevin

Les champignons, c'est notre passion.

← LES BALAIS-BROSSES

MALÉDICTION !

Lorsque j'ai demandé la permission de ne pas venir, mon père a hurlé :

CERTAINEMENT PAS !

Et quand ma mère a dit :

C'est chouette d'avoir des amis qui ont des enfants du même âge que vous, les filles. Comme ça, on peut faire des sorties **TOUS ENSEMBLE.**

T'as raison...

Le seul champignon auquel j'ai pensé, c'était le **CHAMPIGNON ATOMIQUE.** J'avais comme une folle envie de balancer une énorme bombe sur le monde, pour me venger de ses persécutions !

Déjà que je DÉTESTE la forêt, les hiboux, les vieux troncs, la gadoue, les scarabées et tout ce qui fait qu'une forêt est une forêt, alors là, le jour d'un concert des **DEEP DUSTY**, et en présence des VANIER...

Hou Hou

Salut Kevin ↑
↓

Fougères :
plantes totalement
insignifiantes

bROuillasse
dégueu

AU secoooours !

SI J'AVAIS SU,
J'AURAIS FUGUÉ
AVANT !

Et puis y a de la mousse partout

Astuces pour échapper à

DIRE QU'ON A ENTENDU À LA RADIO que toutes les forêts de France avaient pris feu dans la nuit (mais pas sûre que ça marche !).

PIN PON

FAIRE CROIRE QU'ON A DE LA FIÈVRE en trempant la pointe du thermomètre dans son chocolat bouillant du petit déjeuner.

40°

hullo

MANGER AUTANT DE MACARONS À LA PISTACHE QU'IL FAUT POUR VOMIR TOUT VERT JUSTE AVANT DE PARTIR.

Vomir vert, ça fait gravité.

(Entre 30 et 40 devrait suffire.)

la promenade en forêt du week-end

SE CACHER SOUS LE LIT
(un peu basique, comme
méthode, mais toujours très
efficace).

**MIMER UNE CRISE
CARDIAQUE** (mais là
faut avoir des bases
solides en médecine).

MOURIR (mais si jeune,
ce serait dommage).

Cependant, si vos parents sont comme les miens
et vous préviennent au dernier moment dès qu'ils
prévoient un truc pourri (rrrrh), vous n'avez alors
qu'une solution : prier pour que la gentille fée de
Cendrillon, d'un coup de baguette magique, les fasse
disparaître À TOUT JAMAIS ! Ciao

Quand on a retrouvé les Vanier sur le parking à l'orée du bois, Gwenaëlle et Eva ont poussé des cris stridents tellement elles étaient contentes de se voir, et Kevin m'a quasiment sauté au cou.

Riiiiiii.

C'est vraiment TROP COOL de passer un samedi avec toi, Fannette.

On a du bol, c'est la saison des MORILLES.

Super, on dirait une vieille éponge.

T'approche pas trop quand même, Kevin, ou je te les fais bouffer par le nez, TES MORILLES !

On a marché dans les bois au moins MILLE HEURES avec Eva et Gwenaëlle qui chantaient à tue-tête :

Promenons-nous dans les bois, pendant que le loup n'y est pas...

TROP SOÛLANTES !

Et, en fond sonore, **les cours de botanique du père de Kevin** qui étale sa science même quand personne ne lui a rien demandé.

Saviez-vous que les GLANDS sont très riches en amidon...

Les écureuils vont être contents de le savoir.

gland, toi-même !

Moi, je marchais dix mètres devant tout le monde, histoire d'essayer de leur faire accélérer le pas, car je voyais l'heure tourner et la probabilité que je loupe l'intégralité du concert des **DEEP DUSTY** s'accroître _dangereusement_.

Heureusement, Charly m'envoyait des textos rigolos de temps en temps. Sans lui, je crois que j'aurais eu envie de tuer tout le monde à coups de panier à champignons surtout Kevin, tellement il me collait aux basques.

Fais gaffe, si tu croises un champignon avec une porte et des fenêtres, ne le cueille pas, c'est la maison des SCHTROUMPFS !

charly 15h08 mn

j'aime pas les forêts

J'avoue, j'ai ri !

Quel champignon est à la fois beau et laid ?
LE BOLET.

charly 16h12 mn

Ha, ha, ha !

Tu salueras le balai-brosse de ma part.

charly 16h23 mn

Après la balade, la petite Gwenaëlle, qui avait les doigts tout rouges à force de faire des châteaux à base de boue et de vieilles bogues de marrons, a fait un **SUPER caprice** en se roulant par terre :

JE VEUX UN CHOCOLAT CHAUD POUR me réchauffer, sinon je monte pas dans la voiture !

Comme si MILLE HEURES de balade ne suffisaient pas, nous nous sommes donc retrouvés avec les Vanier autour d'une table dans une brasserie qui sentait la vieille frite et qui était tenue par un couple qui n'arrêtait pas de se disputer.

À la bonne entente

Il est trop chaud mon chocolat chaud OUIIN...

Simone, où t'as rangé la mayo encore ?

Au même endroit qu'hier et que tout le reste de l'année

↑ vapeurs de friture

Kevin s'est collé à moi sur la banquette (il a cru qu'on était siamois, lui, ou quoi ?). Il a sorti de son panier un champignon soi-disant SUPER RARE et me l'a offert.

Ça me fait TROP PLAISIR que ce soit toi qui l'aies. Le mieux, c'est de le faire sécher et de le mettre sous cadre. Ça fera super beau dans ta chambre, tu verras.

de la part de Kevin

Ah ouais, ça en jette ! haha oo

À mon avis, il est surtout SUPER VÉNÉNEUX, ton champignon, tellement il est moche. Faudra que je pense à le balancer par la fenêtre de la voiture en rentrant à la maison. et hop

1

MÉDAILLE

du cadeau le plus naze
jamais offert à une fille

Décernée à : **Kevin Vanier**

POUR SON champignON à encadRER

Par **Fannette**, PRÉsidente de
la Confrérie des Pestes

➜ Résultat :

Quand on est rentrés à la maison, il était presque **19** HEURES. J'ai changé vite fait de fringues (pas question de me pointer au concert avec des bottes en caoutchouc toutes crottées ! J'ai une réputation à tenir, quand même.) et j'ai foncé chez Vincent.

Je suis arrivée juste pour la dernière chanson des

DEEP DUSTY · ♫ ♪ ♩ ♫

C'était court, mais suffisant pour que j'admire **THÉO** ♥ jouer de la batterie **COMME UN DIEU**, qu'il me repère dans le public et qu'il m'envoie un clin d'œil entre deux POUM TCHAK.

♥ TROP BEAU ♥
quand il fait
ses roulements à
300 à l'heure et
qu'il tape sur ses
cymbales **comme**
un fou. ♥

je fonds
···

ROCK !

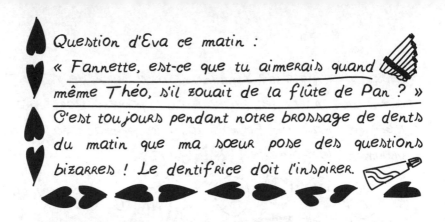

Question d'Eva ce matin :
« Fannette, est-ce que tu aimerais quand même Théo, s'il zouait de la flûte de Pan ? »
C'est toujours pendant notre brossage de dents du matin que ma soeur pose des questions bizarres ! Le dentifrice doit l'inspirer.

Après le concert, avec Linda et Charly, on a aidé les Deep Dusty à ranger leur matériel.

Il y avait je ne sais pas combien de câbles à rouler, et je me suis dit que ça doit vraiment être chiant d'être responsable câbles sur les gros concerts comme ceux de Rihanna ou de Sam Smith.

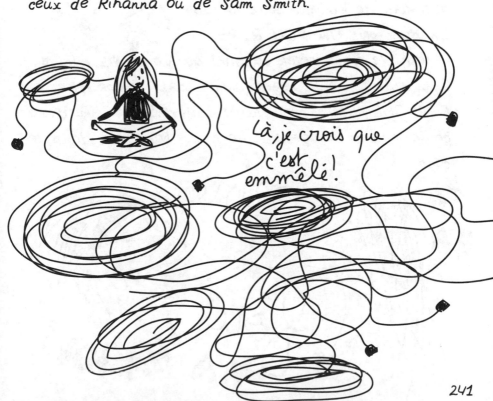

Là, je crois que c'est emmêlé !

Ensuite la mère de Vincent nous a servi de l'Ice Tea avec une part de gâteau aux poires. Personne n'a rien dit, mais on faisait tous la grimace car il avait vraiment le goût de **CRAMÉ**.

Sympa ce gâteau au charbon !

Au moment où je glissais discrètement ma part dans ma poche d'imper pour la jeter plus tard, j'ai surpris **THÉO** ♥ qui donnait la sienne au berger allemand de Vincent sous la table.
On s'est pris UN FOU RIRE

miam

impossible à contrôler pendant au moins dix minutes. Les autres nous regardaient sans comprendre et FRANCHEMENT, c'est encore plus drôle de rire d'une chose quand les gens autour ne sont pas dans le coup.

HA HA rire de fou HA HA HA !

En rentrant chez moi, j'avais l'impression d'avoir des ailes à la place des omoplates tellement je me sentais légère. Oubliée, la promenade forestière ultra-mortelle avec les Vanier.

Mon cerveau n'avait retenu que les QUATRE SUBLIMES événements de la fin de journée.

1

LE CLIN D'OEIL DE **THÉO**, juste pour moi, pendant son solo de batterie.

2

LE FOU RIRE DE DINGO AVEC **THÉO** à cause du gâteau dégueu de la mère de Vincent.

3

LE MOMENT OÙ j'ai réussi à placer dans la conversation que j'avais commencé les cours de théâtre au collège et où Lucas, le bassiste, a dit :

« C'est classe ! Tu pourras peut-être jouer dans notre clip, cet été. »

Nickel!

HA H

CLAP

CLAP

CLAP

CLAP

CLAP

4 LE MOMENT OÙ ON S'EST TOUS DIT AU REVOIR et que **THÉO** ♥ m'a fait un deuxième clin d'œil, mais cette fois en m'envoyant un baiser avec la main. ～👄

KISS

INSTANT MAGIQUE où je me suis sentie comme un esquimau qui fond au soleil : en totale liquéfaction.

HAHA A HAHA

bisou bisou

Mme Lamy, notre prof de musique, est arrivée cette année à Jules Ferry. Au début, ça a ricané pas mal dans les couloirs :

Trop marrant qu'une prof de musique s'appelle Lamy... bah oui : LA, MI... les notes de musique, quoi...

Eh ! Si un jour elle en a marre de nous, elle pourra toujours se reconvertir en boulangère... LA MIE... DE PAIN ! Ha ha ha !

Oui, merci Jonas, on avait compris !

JONAS

SÉBASTIEN

Sébastien s'est limite ROULÉ PAR TERRE, tellement il était fier de sa blague... **NO COMMENT!**

En vérité, Mme Lamy est plutôt bien comme prof de musique. Mais elle doit avoir les cordes vocales de GAROU car dès qu'elle chante, elle a une voix d'homme. Ça fait super décalé avec son petit corps de femme à gros seins !

Elle est au moins ténor !

Bref, cette semaine, Mme Lamy nous a demandé de réfléchir à **un thème** d'EXPOSÉ en **rapport** avec la musique.

Les profs sont comme les petits oiseaux (en moins mignons) : ils sont TROP CONTENTS quand le printemps arrive et ça leur inspire parfois de bonnes idées (sauf **TYRAN** que rien n'inspire, bien sûr, sauf peut-être le diable !).

J'ai choisi de faire mon exposé sur les percussions fabriquées à partir D'OBJETS RECYCLÉS.

Très intéressant, Fannette. Comment t'est venue cette idée ?

BAH, LE RECYCLAGE, C'EST L'AVENIR. Et vu l'état dans lequel vous nous laissez la planète, on n'a pas vraiment le choix si on ne veut pas mourir étouffés par un sac plastique en prenant un bain de mer !

Moi*

Méditerranée en 2025

Toute la classe a rigolé, Yûji et Blaise se sont même levés pour applaudir, et Mme Lamy a juste dit :

clap clap

En effet.

La vérité, c'est que l'idée me vient du dernier concert des **DEEP DUSTY**, où j'ai vu Théo utiliser un genre de shaker en bouchons de bouteilles d'eau.

Petite idée secrète derrière la tête : prendre **THÉO♥** comme sujet d'étude !

chikichiki

Le problème, c'est qu'on devait travailler **en binôme**. Charly et Blaise s'étaient déjà associés pour présenter _les fanfares_, et Linda s'était greffée à l'exposé sur _le chant des baleines_ de Lola. Je me serais bien mise avec Maeva, mais elle avait déjà choisi _les castagnettes_ d'Alexis.

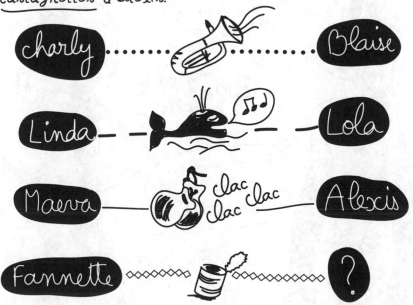

Avec Maeva, on est en train de devenir bonnes copines depuis notre super improvisation en cours de théâtre :

TIMIDELADY

CONTRE

LUNATIKGIRL

C'était la première impro de toute notre vie, et Damien l'a élue meilleure impro du jour. ON ÉTAIT TROP FIÈRES ! Et c'est fou comme Maeva est transformée quand elle joue la comédie. Fini la sur-timidité ! Une vraie RÉVÉLATION !

Mais revenons à mon exposé...
Une voix criarde - que je n'ai pas reconnue tout de suite - s'est élevée dans la classe :

MOI, JE VEUX, M'DAME !
Moi je veux faire l'exposé avec Fannette ! En plus, je sais fabriquer des maracas avec des baguettes chinoises, du riz et des œufs Kinder. S'vous plaît, m'dame !

KEVIiiiiiiiNNNNN!
NOOOOOONNNN!
pas le balai-brosse! 🧹

Je n'ai pas eu le temps de dire quoi que ce soit. La prof avait déjà inscrit son nom à côté du mien sur le panneau des exposés. HEEEELLLLLLPPPPPPP!

Euh, c'est-à-dire que...

Tu vas voir, Fannette, on va faire une équipe FORMIDABLE ! Et sinon, tu l'as encadré, mon champignon ?

Écrabouillé 1000 fois par les voitures

Mercredi, j'ai mon premier rendez-vous avec **THÉO**
pour l'exposé sur les percus-récupes.
Et - BÉNÉDICTION ! - Kevin ne pourra pas venir
parce qu'il se fait poser des bagues.*

Bien fait !

Tiens, ça
me rappelle
quelqu'un...

Je vais être seule, en
tête-à-tête avec
THÉO ULMER !

*Vous avez déjà vu un balai-brosse avec des bagues ?
Eh bien, ça ressemble à une serpillière avec des
mocassins : À RIEN !

Hi hi !

DÉFI PERDU ? UN GAGE !

défi
gage

À DÉFI nul, GAGE nul.
Mais à GAGE nul, GROSSE RIGOLADE.

Hé hé hé

Ce matin, en cours avec Linda, on s'ennuyait tellement qu'on s'est lancé un défi : la première qui réussirait à placer les mots SAUT À L'ÉLASTIQUE à l'oral pendant le cours de TYRAN.

J'étais sûre de moi parce qu'à chaque fois qu'on avait fait ce jeu, je l'avais emporté haut la main et c'est Linda qui avait récolté les gages.

La première fois, il fallait placer le mot BOUDIN en cours d'histoire-géo. Cinq minutes après le début de l'heure, j'avais déjà gagné.

FASTOCHE !

M. Chassagne, comment s'appelle ce pays en forme de petit BOUDIN antillais au-dessus de l'Italie ?

Italie ?

Étonnante façon de parler de la Suisse, Fannette !

La seconde fois, il fallait utiliser CHALUMEAU en cours de sport. Plus difficile... Après un quart d'heure de course à pied, je m'étais arrêtée pour demander au prof :

Je peux me reposer quelques minutes, monsieur ? J'ai les plantes des pieds en feu, pire que si on me les avait brûlées avec un CHALUMEAU !

Ça, ça doit faire mal...

BRÛL' TOUT

Franchement, je me suis épatée moi-même, ce jour-là.

Pour cette troisième fois donc, j'étais absolument certaine de gagner.

Pourtant, à peine trois minutes après le début du cours, Linda a laissé tomber sa trousse ouverte par terre. **TYRAN** a aboyé aussitôt :

QU'EST-CE QUE C'EST QUE CE REMUE-MÉNAGE, ENCORE ?!

Grrr

Ah, j'ai le vertige !

Désolée, madame, ce sont mes stylos qui s'entraînent **au** SAUT À L'ÉLASTIQUE.

Bon, elle s'est pris un mot dans le carnet et des postillons dans les cheveux tellement Tyran lui a hurlé dessus, **mais elle a gagné le défi**. Et j'avoue que, là, elle a été très forte.

J'étais IMPRESSIONNÉE !

Chapeau Linda !

Le souci c'est que, comme j'étais persuadée de gagner, j'avais refusé qu'on choisisse un gage classique, du genre « faire trois fois le tour de la cour à cloche-pied » ou « réciter l'alphabet à l'envers ». J'avais proposé un gage bien plus marrant pour la perdante :

À la récré, Linda m'a donc teinté les pointes en bleu pendant que Maeva me dessinait la moustache. Ça a été une franche partie de rigolade - même si, dans un coin de ma tête, je n'ai cessé de penser que, deux heures plus tard, j'avais rendez-vous avec **THÉO**♥ pour mon exposé.

MAIS J'ASSUME!

Gages bien débiles à

défi *gage* *défi* *gage* *défi* *gage*

(En même temps, on n'est jamais sûr de rien. J'en suis la preuve vivante !)

S'EXPRIMER EN ABOYANT PENDANT TOUTE UNE JOURNÉE. Même en cas de récitation de poésie.

wouf wouf

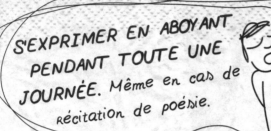

FAIRE LE TOUR DU QUARTIER EN MAILLOT DE BAIN, AVEC DES PALMES ET UN TUBA (plus drôle en hiver).

SE FAIRE UNE PERRUQUE AVEC DES CROQUETTES AU THON DE NOUNOUCHE et la porter une semaine entière.

miam !

miaou

donner lors d'un défi qu'on est sûr de gagner

DANS UN BUS BONDÉ, SE LEVER POUR CHANTER À TUE-TÊTE UNE CHANSON IDIOTE, puis se rasseoir comme si de rien n'était.

Ah ! Qu'est-ce qu'on est serrées, au fond de cette boîte, Chantent les sardines, chantent les sardines...

MANGER UN SANDWICH AUX VERS DE TERRE VIVANTS OU DES RONDELLES DE LIMACE. (À réserver aux gens que tu n'aimes pas, parce que c'est franchement cruel !)

BEURK

Dans tous les cas, n'oublie pas d'immortaliser ce moment en le filmant avec un téléphone ou une GoPro. GROSSE MARRADE ASSURÉE AU VISIONNAGE !

Des tourtereaux chez les Sirènes

Avec **THÉO♥**, on s'était donné rendez-vous au Clos des Sirènes, dans la salle des visites, où il y a quelques tables et une machine à café qui fait aussi de la tisane et du potage.

infusion "philtre d'amour"

Malgré mes pointes de cheveux bleues, **j'avais quand même mis mon plus beau headband.** Celui avec des mini-fleurs en tissu noir sur les côtés. ← j'adore

Concernant ma moustache au feutre, Charly avait eu beau me dire : « Ça te va trop bien la moustache ! », j'avais bien conscience de son ridicule. Alors, je m'étais noué un bandana autour du cou et je l'avais remonté jusqu'à mon nez. (On aurait dit un vieux motard des années 80.)

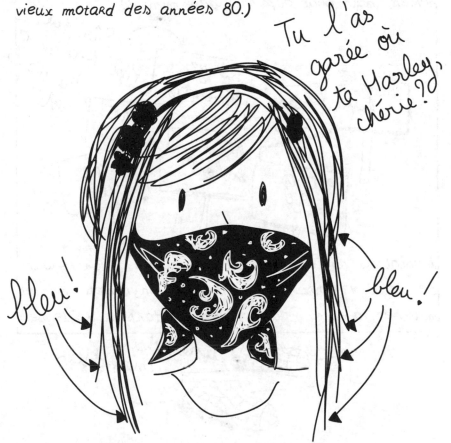

Tu l'as garée où ta Harley, chérie ?!

bleu !

bleu !

Comme j'étais un peu en avance, j'ai voulu monter faire un bisou à **PÉPÉ GASTON**, mais IMPOSSIBLE.

Comme Mme Crispine n'avait pas réussi à décoller les étiquettes qu'on avait collées dans l'ascenseur avec pépé, elle avait fait repeindre la cabine **en ROUGE** et ce n'était pas encore sec. (La couleur avait été choisie par les pensionnaires lors d'un vote à main levée. Alors que Crispine voulait du marron, moins salissant, certes, mais beaucoup plus déprimant !)

noir foncé
blanc clair
Rouge révolution
vert tulipe
bleu soleil
orange ciel
jaune mer

Sûr que Pépé Gaston a truqué le vote

L'escalier, lui aussi, était condamné : un groupe de vieux y faisait des exercices physiques sur les marches, avec un coach spécialisé dans la vieillesse.

une, deux une, deux

Quand **THÉO**♥ est arrivé, je me suis sentie obligée de me justifier :

Désolée pour le bandana, mais j'ai un virus SUPER CONTAGIEUX, faut que je parle à travers un filtre.

Petit, petit

On s'est installés à une table et je lui ai posé des tas de questions dont j'ai enregistré les réponses avec mon téléphone.

Eh, eh ! Comme ça, j'ai la voix de THÉO en stock pour quand j'ai envie de l'écouter dans mon lit.

Oh, oh, mon Théo...

Puis, on s'est fixé un autre rendez-vous, cette fois dans la cave de chez Vincent, **pour fabriquer**♥ **ENSEMBLE**♥ **un xylophone** à partir de bouteilles en verre et des maracas en tubes de papier toilette.

ding ding dong

fermé avec du scotch + grains de riz à l'intérieur
→ maracas maison.

J'avais beau avoir Kevin sur le dos pour cet exposé, j'étais trop contente. Car, en plus d'en profiter pour voir Théo plein de fois, je trouvais passionnante l'idée qu'avec du recyclage et de l'imagination on puisse fabriquer tout un orchestre de percussions !

Au moment de partir, alors qu'on allait se dire au revoir, **THÉO**♥ a posé sa main sur mon épaule.

ouch

Et sinon, tes cheveux bleus, c'est à cause de ton virus super contagieux aussi ?

Non, c'est à cause d'un gage. J'ai perdu un défi.

T'es vraiment une PESTE, toi.

C'est DINGUE, ce mec m'a tout de suite cernée... C'EST UN SIGNE, ÇA, NON ?

Puis, il a baissé mon bandana et éclaté de rire en découvrant ma moustache. Ensuite, je ne sais pas ce qui lui a pris, il a déposé un **baiser rapide** sur le bout de mon nez en disant :

C'est la preuve que même avec une moustache, T'ES CRAQUANTE.

Encore, s'il te plaît, Théo !

petit bisou trop mignon

Parfois quand tu penses très, très fort à quelque chose en fermant les yeux, ça arrive...

Mais, il était déjà parti.

J'ai rougi en un quart de seconde, tellement écarlate que j'ai cru que mes joues prenaient feu.

Ça sent le brûlé, non ?

Depuis je ne pense plus qu'à ça ! Et comme je rougis à chaque fois que j'y pense, je suis rouge tout le temps.

Pour sûr, ce baiser de **THÉO**♥ restera gravé dans ma mémoire TOUTE MA VIE ! Et même après, si la réincarnation existe.

Je serais sûrement réincarnée en tomate (rapport à la couleur...)

DANS 2 SIÈCLES

Pétales de roses = Trop romantique

Z'ai un zoli CADEAU POUR toi, Fannette ! Ze l'ai échanzé avec une fille de mon cours de danse contre ma paire de chaussettes Reine des neizes.

Bleu turquoise : ma couleur préférée !

Trop mignonne cette petite mioche, quand même.

Me voilà donc parée pour écrire la suite de mes pesto-aventures.

MERCI EVA !

Même si je sais bien que c'est pour se faire pardonner d'avoir utilisé mon journal comme cale pour son lit qu'Eva m'a fait ce CADEAU... Vu que, depuis, je refuse de jouer avec elle à Petit Poussin mon ami.

Parole de peste !

PETITE HISTOIRE
DES AUTEURES DE CE LIVRE :

En 1982, Virginy renverse le bac à litière du chat dans le bain de sa sœur Marie-Anne, pour se venger du fait qu'elle ait déchiré toutes les cartes de son jeu préféré : le *1000 Bornes*.

« Vous êtes vraiment des petites pestes ! »

Là, c'est leur mère qui parle.

Bien des années plus tard, Virginy, devenue auteure, et Marie-Anne, illustratrice, cessent enfin de se chamailler. Et unissent leurs *pestoénergies* pour conter la vie d'un adorable petit « ~~ange~~ » prénommé **Fannette**.

DÉMON

c'est moi héhé !

Achevé d'imprimer en juillet 2015
par Normandie Roto Impression s.a.s.
Dépôt légal : août 2015
N°123395-1
N° d'impression : 1502418

Imprimé en France